suhrkamp taschenbuch 5293

Wer hat die jungen Frauen auf dem Gewissen? Warum wurden sie skalpiert? Was sollen die Perücken? Staatsanwältin Chastity Riley ist zuständig für Verbrechen, die sich rund ums Rotlichtviertel abspielen, wobei ihr das Rotlicht mehr liegt als das Verbrechen. Obwohl: Ihre Stärke ist es, zu denken wie eine Kriminelle. Ihre Schwäche sind Kneipen, Zigaretten, junge Männer und schummriges Licht. Sie kommt in ihren Stiefeln und dem Trenchcoat cooler daher, als sie ist, außen hart, innen zart, manchmal fast eine kritische Masse an Empathie – hätte Philip Marlowe eine Enkelin, vielleicht wäre sie es. Jetzt muss sie durch einen langen, grauen Tunnel, der immer dunkler wird.

Simone Buchholz, geboren 1972 in Hanau, zog 1996 nach St. Pauli, wegen des Wetters. Sie wurde auf der Henri-Nannen-Schule zur Journalistin ausgebildet und schreibt seit 2008 Kriminalromane. Für ihre Chastity-Riley-Reihe wurde sie mit zahlreichen Preisen ausgezeichnet, darunter mit dem britischen Dagger Award und zwei Mal mit dem Deutschen Krimipreis.

Zuletzt sind aus der Reihe erschienen: *Knastpralinen* (st 5315), *Blaue Nacht* (st 4798), *Beton Rouge* (st 4949), *Mexikoring* (st 5024), *Hotel Cartagena* (st 5154) und *River Clyde* (st 5129).

SIMONE BUCHHOLZ

REVOLVER HERZ

Kriminalroman

Suhrkamp

Der vorliegende Text ist eine von der Autorin überarbeitete Version des 2009 bei Droemer/Knaur, München erschienenen gleichnamigen Titels.

Klimaneutral
Druckprodukt
ClimatePartner.com/14438-2110-1001

Erste Auflage 2023
suhrkamp taschenbuch 5293

Umschlagfoto: Achim Multhaupt/laif
Umschlag: Designbüro Lübbeke, Naumann, Thoben, Köln
Druck und Bindung: CPI books GmbH, Leck
Printed in Germany
ISBN 978-3-518-47293-4

www.suhrkamp.de

REVOLVER HERZ

Ich hab sie gesehen
sie ging die Straße entlang
ihre Lippen waren rot
sie trug ein Kleid
das nicht schön genug war für sie
für ihr Gesicht
für ihren Gang
sie war mehr
sie war eine Idee
sie ging tanzen
ich hab ihr zugesehen
sie hat mich angelächelt
komm doch mit
hab ich gesagt
und sie ist mitgegangen
und sie ist eingeschlafen
und dann haben wir geredet
und ich hab mal was aus ihr gemacht

ICH WEISS, KLEINES, ICH WEISS

Der Himmel hängt tief, er sieht aus, als müsse er sich hinlegen. Von der Elbe steigt Nebel auf, zäh und gemein wie eine alte Krähe. Ich schlage meinen Mantelkragen hoch, aber es hilft nichts: Die Feuchtigkeit kriecht mir in die Knochen. Mein Kopf tut weh, ich habe zu wenig geschlafen. Es ist Anfang März, es ist erst halb acht, und zu meinen Füßen liegt ein totes Mädchen. Zwei philippinische Matrosen auf Landgang haben sie gefunden.

Sie liegt auf einer Treppe, die direkt ins Wasser führt. Sie ist nackt, über ihren Hals zieht sich ein Würgemal. Ihre Brüste sind nicht die elegantesten, die man für Geld kriegen kann, aber sie sind ziemlich beeindruckend. Ich frage mich, warum sie so schön da hingelegt wurde und nicht mit dem Gesicht nach unten in der Elbe schwimmt, wie alle anderen Toten auch. Sie trägt eine billige hellblaue Kurzhaarperücke, ich könnte gut eine Tasse Kaffee vertragen.

Die Spurensicherung ist in vollem Gange. Sie haben alles absperren lassen, man darf natürlich nirgendwo hintreten, ich habe mir schon einen ordentlichen Rüffel abgeholt, weil ich hier rumlatsche, aber das ist mir egal, ich muss die Toten sehen, wenn ich mich um sie kümmern soll.

Klick.

Jetzt wird fotografiert.

Sie fotografieren immer wie die Bekloppten, und überall stehen aufgeregte Schilder, als wäre da was total Entscheidendes. Ich kann nichts erkennen. Nur nasses Kopfsteinpflaster.

Einer von den Jungs, ein hagerer Typ mit Vogelnase, fängt an, sich mit dem Hals der Toten zu beschäftigen.

»Wo bleibt die Kripo?«, fragt er.

»Die sind unterwegs«, sage ich.

»Wer hat Mordbereitschaft?«

»Hauptkommissar Faller«, sage ich.

»Die alte Schnarchnase.«

»Hey«, sage ich, »bisschen vorsichtig. Und bis der Faller da ist, bin ich die Kripo, klar?«

»Geht klar, Frau Staatsanwältin.«

Er zieht die Augenbrauen hoch.

Arschloch.

Ich finde, dass der Faller sehr in Ordnung ist. Manchmal vielleicht ein bisschen müde, aber immer da. Und wenn ihm eine Laus über die Leber gelaufen ist, erinnert er mich an Robert Mitchum. Um ihn aufzuheitern, sage ich dann: »Meine Fresse, Faller, sind Sie ein cooler Hund. Wäre ich zwanzig Jahre älter, ich würde Sie vom Fleck weg heiraten.« Seine übliche Reaktion darauf ist, auf den Boden zu schauen, sich eine Roth-Händle anzuzünden und zu sagen: »Ich weiß, Kleines, ich weiß.«

Ich mag ihn wirklich.

»Wie ist sie gestorben?«, frage ich den Spurenmann und versuche am Himmel einzelne Wolken auszumachen.

»Stranguliert«, sagt er, »wahrscheinlich mit Kunststoff, einem Kabel oder so was.«

»Wann?«

»Kann ich noch nicht genau sagen. Vermutlich nach Mitternacht. Genaueres wird dann der Doc wissen.«

»Okay«, sage ich. »Sonst noch was?«

»Oh ja«, sagt er und hebt die Perücke ein kleines Stück an.

Unter der Perücke sind weder Haare noch Haut. Da ist nur verkrustete, blutige Masse. Mir wird auf der Stelle schwindelig.

»Wow, sie wurde ...?«

»Genau«, sagt er, »die Lady wurde skalpiert.«

Es gibt ein paar Dinge in meinem Job, mit denen ich nicht so gut klarkomme, und verstümmelte Frauen gehören definitiv dazu. Ich fasse mir in den Nacken und überprüfe meinen Haaransatz. Alles dran. Ich ziehe meinen Mantel fest um die Taille.

»Hören Sie«, sage ich, »ich muss los. Und lassen Sie den Faller in Ruhe, wenn er hier auftaucht.«

Dann sehe ich zu, dass ich Land gewinne. Bloß nicht am Tatort umkippen.

EINSAM WERDE ICH ERST, WENN JEMAND DA IST

Das Kopfsteinpflaster unter meinen Stiefeln ist feucht und unberechenbar. Mal lieber schön langsam gehen. Ich frage mich, warum ich mir das eigentlich immer antue, diese Tatorte. Vielleicht weil ich lieber draußen als drinnen bin, weil ich noch nicht alt genug bin, um nur schlaue Anweisungen zu geben, und vielleicht auch, weil ich mein Büro in der Staatsanwaltschaft nicht wirklich mag. An guten Tagen kommt es mir vor wie ein Rahmen, an schlechten Tagen wie ein Gefängnis. Vielleicht liegt's auch nur an der Einrichtung. Ich sollte mich da mal drum kümmern.

Na ja.

Bis sich was geändert hat, gehe ich eben weiter raus. Außerdem bin ich überzeugt davon, dass man das Verbrechen sehen muss, wenn man es bekämpfen will. Man muss wissen, wie das Böse aussieht, damit man es erkennt, wenn es einem über den Weg läuft.

Mein Telefon klingelt. Der Faller ist dran.

»Guten Morgen«, sage ich.

»Scheiß Morgen«, sagt er. »Wo sind Sie, Chas?«

»Auf dem Weg zu Carla.«

»Kaffee?«

»Sie wissen, was eine Frau braucht«, sage ich. »Sind Sie am Tatort?«

»Ja«, sagt er, »gerade angekommen, gemeinsam mit der versammelten Lokalpresse. Die stellen hier alles auf den Kopf.«

»Die sollen sich bloß zurückhalten.«

»Hab ich im Griff«, sagt er. »Was halten Sie von der Perücke?«

»Was halten Sie vom Skalpieren?«

»Schlimm, furchtbar, das arme Mädchen.«

»Glauben Sie, dass sie eine Professionelle war?«

»Keine Ahnung«, sagt er. »Bis morgen Nachmittag sollten wir erste Ergebnisse von der KTU und aus der Gerichtsmedizin haben. Ich würde sagen, wir sehen uns alle so gegen vierzehn Uhr, dann schauen wir.«

»Okay«, sage ich. »Ich werde heute Abend schon mal mit ein paar von den Mädchen am Hans-Albers-Platz reden«, sage ich.

»Danke«, sagt er. »Ich bin zu alt für so was.«

»Schon gut«, sage ich.

Seit einer hässlichen Sache vor ein paar Jahren ist der Faller nicht mehr so gerne auf dem Kiez unterwegs. Ich nehme ihm das nicht übel. Jeder trägt so seinen Scheiß mit sich rum. Ist halt mal blöd gelaufen, war ein Fehler, machen wir irgendwas draus.

»Ich kann auch den Calabretta zu den Mädchen schicken«, sagt der Faller.

Calabretta ist Halbitaliener und Fallers Liebling aus der Mordkommission, ich glaube, Faller will, dass der mal sein Nachfolger wird. Ich hätte nichts dagegen, Calabretta ist ein guter Polizist und ein feiner Typ. Aber mit den Damen vom Strich rede ich trotzdem selbst. Ich höre mich immer gern im Rotlicht um, ich mag die Kiezleute. Ehrliche Nachbarschaft.

»Nö«, sage ich, »ist schon in Ordnung, ich mach das. Wir sehen uns später in der Gerichtsmedizin, ja?«

»Bingo«, sagt er. »Ach, und, Chastity?«

»Ja?«

»Nehmen Sie eine doppelte Ladung Aspirin und legen Sie sich nochmal hin. Sie klingen schrecklich.«

Der Faller macht sich andauernd Sorgen, es könnte mir schlecht gehen. Meistens hat er recht.

Ich nicke, aber das kann er natürlich nicht hören. Er legt auf, und ich bin allein mit meinem Kloß im Hals. Es macht mich fertig, wenn sich jemand um mich sorgt.

Der Hafen tut irre geschäftig. Alle Lichter sind an, überall Geklöter und Geklacker, Kräne hier, Gabelstapler da, große Aufregung. Ich mag es wirklich lieber, wenn die Orte schlafen, und gerade der Hafen ist mir still und bei Nacht irgendwie näher. Wenn der Tag die Lichter nicht mehr verschluckt. Immerhin bricht die Sonne für einen Augenblick durch die Wolken, setzt einen Akzent und blinzelt sympathisch auf die Container runter. Aber dann zieht der Himmel auch direkt wieder zu, die Industrie liegt wieder in grau und ackert vor sich hin. Backbord machen sich zwei vierschrötige Typen an irgendwelchen Kisten auf einer Barkasse zu schaffen. Sie pfeifen mir hinterher; ich habe geahnt, dass sie das tun würden, und zeige ihnen den Stinkefinger.

»Was bist'n so gereizt, Lady?«, sagt der eine.

Und der andere: »Gestern gesoffen, oder was?«

Die müssen hupen. Kennen doch selber jedes Glas der Stadt von innen. Sackgesichter.

Mir ist immer noch kalt. Die Kälte ist wie ein altes Monster, das mich von innen auffrisst. Und es frisst beharrlich, sobald die Außentemperatur unter dreißig Grad fällt. Einmal, vor ein paar Jahren, hab ich Ferien gemacht und bin ans andere Ende der Welt geflogen, da war ich vier Wochen auf Tahiti. Im Reisebüro hatten sie gesagt, es hat dort immer mindestens achtundzwanzig Grad. Sie hatten nicht gelogen. Die Wochen auf Tahiti waren die schönste Zeit meines Lebens. Da war es warm, die Leute rauchten den ganzen Tag Gauloises und tranken Heineken und spielten auf ihren Gitarren, und sie redeten alle französisch, und ich hab nicht mal versucht, etwas zu verstehen. Ich war ganz allein und kein bisschen einsam. Einsam werde ich erst, wenn jemand da ist. In diesem Monat auf der Insel hat mich nicht mal eine Mücke gestochen. Ich hätte ewig so weitermachen können, aber dann fehlte mir doch der Mut, und ich nahm meinen gebuchten Flug zurück in mein Leben.

Manchmal fragen mich die Leute, woher das kommt, dass ich so schnell friere. Ich finde, dass das keinen was angeht.

RICHTIG SCHLIMM TOT

Carla muss schon eine Weile da sein, der Laden ist warm und aufgeräumt. Die Fensterfront glänzt wie frisch poliert, und die Mischung aus zierlichem weißem Stuck an der Decke, himmelblauen Wänden, wild zusammengewürfelten alten Stühlen, Tischen und Kronleuchtern wirkt wie immer so einladend, dass ich mich frage, wie überhaupt irgendwer an Carlas Café vorbeigehen kann. Sie kommt mir entgegen, mein Gott, sie ist so lebendig. Wenn ich mich hin und wieder frage, was meine Mutter wohl für eine Frau sein mag, dann wünsche ich mir, sie möge so sein wie Carla. Aber eine Frau wie Carla würde niemals ihr Kind verlassen.

Meine Mutter ist abgehauen, als ich zwei Jahre alt war, sie ist mit einem Kollegen meines Vaters durchgebrannt, einem ranghöheren Offizier. Jetzt lebt Ruth Hinzmann in Richmond, Wisconsin, sie schickt manchmal Postkarten, und sie ist in dritter Ehe mit einem Zahnarzt verheiratet. Mehr weiß ich nicht von ihr, und ehrlich gesagt reicht das vollkommen. Inzwischen glaube ich auch, dass es gar nicht so schlecht war, ohne sie aufzuwachsen. Mein Vater und ich waren ein gutes Gespann. Er ist das, was fehlt. Er ist zu früh gegangen, nicht sie.

»Hey«, sagt Carla und küsst mich auf die Wange, »haben sie dich wieder aus dem Bett getreten? Ich mach mal schöne Musik an, ja?«

Ich nicke. Schöne Musik heißt bei Carla traurige portugiesische Musik. Sie sagt oft, Traurigkeit sei doch im Prinzip das Gleiche wie Schönheit, beides würde wehtun, und dann lächelt sie immer, als wäre sie aus Karamell.

Sie hantiert mit der einen Hand an ihrem CD-Spieler und mit der anderen an der Kaffeemaschine.

»Du willst doch Kaffee, oder?«

»Mhm«, sage ich. Carla hat wie immer kaum was an, ein dünnes schwarzes Kleidchen und eine Strickjacke, die ihr bei jeder Bewegung über die nackten Schultern fällt. Meine heißblütige Freundin friert nie. Sie läuft hochtourig, sie reibt sich in einer Tour am Leben, sie weiß nicht mal, was Kälte ist. Es dampft und brodelt und klappert unter ihren Händen, und dann stellt sie mir eine Tasse ihres erstklassigen Kaffees hin.

»Du«, sagt sie, »bevor ich's vergesse, ich hab da einen Mann für dich getroffen, der wird dir gefallen.«

»Ach ja?«, sage ich.

Carla versucht es tatsächlich immer wieder. Sie macht ständig irgendwelche fabelhaften Verabredungen mit irgendwelchen fabelhaften Typen für mich klar. Zu den Verabredungen erscheine ich dann entweder gar nicht erst, oder ich betrinke mich haltlos und benehme mich so daneben, dass sie sich vor den Flachpfeifen auch noch für mich schämen muss. Aber das perlt an ihr ab, es scheint sie nicht zu stören, und so macht sie immer weiter mit ihrer Kuppelei.

»Ja, er ist GROSSARTIG«, sagt sie. »Weißt du, der ist so ein Anzugträger, aber einer von der guten Sorte. Schöne graue Schläfen, macht irgendwas mit Theater. Und er ist Single.«

»Wenn einer in dem Alter noch allein lebt, ist was faul«, sage ich.

»Du lebst auch allein«, sagt sie.

»Genau«, sage ich, »und bei mir ist jede Menge faul.«

»Er ist verwitwet«, sagt Carla und setzt dabei einen Erdkundelehrerinnen-Blick auf. Dazu das portugiesische Gedudel aus dem Lautsprecher über mir. Sie weiß genau, wie sie mich weich kriegt.

»Okay«, sage ich. »Wann?«

»Heute Abend. Er kommt hierher. Und wenn ich den Laden dann um zehn zumache, könnt ihr noch schön woanders hingehen. Ein Ortswechsel ist immer gut bei ersten Dates. Das nimmt den Druck raus, weißt du?«

Meine Freundin hat echt einen Knall.

»Heute Abend kann ich nicht«, sage ich. »Am Hafen liegt eine Tote, und ich muss mich ein bisschen auf dem Strich umhören.«

»Oh, scheiße, Baby. Schlimm tot?«

»Ein Mord ist immer schlimm, Carla.«

»Ja, klar, aber ist sie einfach nur tot oder auch heftig zugerichtet?«

Für Carla ist mein Job ein einziger großer Samstagabendfilm.

»Richtig heftig zugerichtet. Sie ist nackt und hat keinen Skalp mehr, dafür aber eine blaue Perücke auf dem Kopf.«

»Wie abgefahren ...« Carla macht große Augen und große Brüste.

»Carla!«

»Entschuldige«, sagt sie. »Aber warum musst du auch immer solche entsetzlichen Fälle haben?«

»Das liegt daran, dass ich für entsetzliche Fälle zuständig bin, Carla.«

»Willst du was essen?«, fragt sie.

»Nein«, sage ich. »Lieber nicht.«

ANGST KANN ICH NICHT GEBRAUCHEN

Carla hat mich zu Schinkentoast gezwungen. Manchmal wünsche ich mir, sie würde endlich ein Kind bekommen, dann wäre ich aus der Fürsorge raus. Mir ist immer noch schlecht, und so langsam kommt auch der Kater an, den ich letzte Nacht bestellt habe. Meine Hände zittern, und der Schmerz in meinem Kopf hat eine Tonspur bekommen. Geschieht mir recht, ich habe mich nicht an den Rat meines Vaters gehalten. Er hat mir alles beigebracht, was er für wichtig hielt, unter anderem, dass Alkohol durchsichtig sein muss. Ich weiß auch nicht, warum es gestern unbedingt dieses dunkle Zeug mit der Eidechse auf der Flasche sein musste. Mir war einfach danach, und mein Tresennachbar mochte es auch, und nach drei Gläsern sagte er: »Ich wär dann so weit.«

»Wie weit?«, fragte ich.

»Wir können jetzt reden«, sagte er. Gegen halb vier war alles gesagt und die Pulle leer.

Jetzt kann ich das Schlüsselloch nicht finden und frage mich, wann dieser idiotische Hausmeister endlich die Treppenhausbeleuchtung reparieren will.

»Na sowas, meine Lieblingsnachbarin.«

Klatsche sitzt auf der schmuddeligen Holztreppe und spielt den Gigolo.

»Na sowas, wo kommst du denn plötzlich her?«

Seine struppigen dunkelblonden Haare könnten mal wieder einen Schnitt gebrauchen, sie fallen ihm in die

Stirn. Sein junges Gesicht trägt Spuren von viel zu früh erwachsen, und er ist wie immer von Herzen unrasiert. Er verbringt einen Großteil seiner Zeit damit, Frauen um den Verstand zu bringen, und das macht er ziemlich gut, der kleine Ganove. Klatsche hat eine amtliche Gaunerkarriere hinter sich. Mit vierzehn ist er zum ersten Mal irgendwo in Blankenese in eine Villa eingestiegen, Mutprobe. Das ist ihm so leichtgefallen, dass er es von da an öfter gemacht hat, und mit sechzehn verdiente er gutes Geld damit, in der Garage seiner ewig besoffenen Eltern Geräte zu verkaufen – Fernseher, Stereoanlagen, Computer, alles vom Lastwagen gefallen. Als er siebzehn war, haben sie ihn dann zum ersten Mal geschnappt, er hatte eine Alarmanlage übersehen. Ein halbes Jahr später nochmal, da ging es um einen Container mit Kompaktanlagen, irgendwer hatte ihn verpfiffen, und das dritte Mal erwischten sie ihn, als er gerade dabei war, ein Lager mit Fotokopierern auszuräumen – allein. Er war übermütig geworden, wollte zum gefeierten Einbrecherkönig werden. Sie brummten ihm neun Monate auf. Danach hatte er die Schnauze voll vom Verbrecherleben. Und er bekommt seitdem sofort Beklemmungen, wenn er hinter einer geschlossenen Tür sitzt. Er sagt immer, dass der Knast die schlimmste Zeit seines Lebens war, dass er da nie wieder hinwill, unter keinen Umständen, dass er lieber sterben würde, als nochmal in den Bau zu wandern. Er hörte also auf mit der Einbrecherei und machte einen Schlüsseldienst auf. Sein Laden läuft spitze. Es gibt einfach niemanden, der schneller, billiger und mit mehr Freude jedes Schloss knackt.

»Und warum, bitte, sitzt du hier rum?«

»Ich hab meinen Schlüssel verloren.«

»Hör mal, Klatsche«, sage ich, »es gibt keine Tür der Welt, die du nicht aufkriegst ...«

Er grinst und zuckt mit den Schultern.

»Ach, nee«, sage ich.

»Doch«, sagt er.

»Unser Mister Superschlüsseldienst ist ohne sein Werkzeug aus dem Haus gelaufen?«

»War ein echter Notfall.«

Ich weiß, wie seine Notfälle aussehen: blond, knapp über zwanzig, auffällige Statik im Brustbereich.

»Da sind jetzt aber alle ganz furchtbar froh, dass die nette Nachbarin einen Zweitschlüssel in ihrer Bude hat, hm?«

Klatsche nickt. Er hat seine Ausgehlederjacke an, ein ranziges braunes Ding mit kaputtem Reißverschluss, und er sieht auch sonst so aus, als wäre er heute noch nicht unter der Dusche gewesen. Notfall eben.

»Na dann«, sage ich, nachdem ich es endlich geschafft habe, meine Tür aufzuschließen. »Komm rein.«

Klatsche schält sich von der Treppe, steht auf, an der Schwelle zu meiner Wohnung wartet er drei Sekunden und schaut mich an.

»Schon okay«, sage ich.

Er steckt die Hände in die Hosentaschen und macht einen lächerlich vorsichtigen Schritt in meinen Flur. Ich gehe wortlos an ihm vorbei in die Küche. Klatsche war zum letzten Mal vor einem halben Jahr in meiner Wohnung. Seitdem ist ihm der Zutritt eigentlich streng verboten. Denn an jenem Tag landete er aus Gründen, an die ich mich nicht mehr erinnern kann, in meinem Bett, und wir sind da dann für vierundzwanzig Stunden nicht rausgekommen. Nicht, dass es nicht schön gewesen wäre, ganz im Gegenteil. Aber danach konnte ich tagelang nicht denken, nicht schlafen, nicht arbeiten, es hat mich aus der Spur geworfen. Das hat mir Angst gemacht, und Angst kann ich nicht gebrauchen. Außerdem ist der Typ locker fünfzehn Jahre jünger als ich.

Na ja.

Ich habe das Gefühl, dass wir inzwischen drüber weg sind, also will ich mal nicht so sein.

Er steht in der Küchentür, tippt mit dem Finger an den Türrahmen, als würde er sich verbrennen, und macht: »Tsss ...«

»Hör auf mit dem Scheiß, Klatsche, sonst fliegst du gleich wieder raus. Ich könnte deine Mutter sein.«

»Bist du aber nicht, Baby.«

»Nenn mich nicht Baby.«

»Was ist denn passiert?« Er lässt sich breitbeinig auf einen Stuhl fallen, ich kann sehen, wie sich die Muskeln unter seiner Jeans spannen. Draußen vor meinem Küchenfenster stapeln sich schon wieder die Wolken und rutschen nochmal ein Stück tiefer, sie liegen fast schon im Hinterhof rum. Ich erzähle ihm von dem toten Mädchen, während ich Kaffee mache. Von der Perücke und dem, was darunter, oder besser: nicht darunter war.

»Das war traurig«, sage ich.

»Trauriger als der Opa ohne Füße vom letzten Winter?«

»Ja«, sage ich, »viel trauriger. Das mit den Füßen war eine klare Sache unter Albanern. Der Opa wurde bestraft, weil er wissentlich in deren Revier rumgelatscht ist. Das hier wirkt nicht so, als hätte es mit nicht eingehaltenen Absprachen zu tun. Das muss was anderes sein. Was Krankes. Wer klaut einer Frau Haut und Haare?«

»Gib Laut, wenn du Hilfe brauchst«, sagt er.

Ich könnte Hilfe brauchen, denke ich, nur anders, als du

meinst, aber das sage ich lieber nicht, das gibt nur Schwierigkeiten. Wenn ich gerade eine Leiche hinter mir habe, geht's mir nicht gut. Mit einer Leiche vor der Nase hört man augenblicklich auf, sich was vorzumachen, und begreift: Das kann alles ganz schnell kaputtgehen. Fühl dich nicht zu sicher, ist alles nur Einbildung, und auch wenn du glaubst, in deinem Leben sind die Katastrophen alle schon passiert, kann es immer noch schlimmer kommen. Das Einzige, was du dann noch tun kannst, ist, niemanden mit reinzuziehen.

Ich bemühe mich, nicht zu sehr auf Klatsches Unterarme zu starren.

»Hier«, sage ich und stelle ihm etwas ruppig eine Tasse Kaffee vor die Nase.

Ich muss zusehen, dass er möglichst schnell wieder aus meiner Wohnung verschwindet. Ich hab mich wohl überschätzt.

SHOWTIME

Früher, wenn mein Vater mich in den Keller geschickt hat, hab ich immer leise vor mich hin gesungen. Gerade so laut, dass ich noch hätte hören können, wenn von links ein Buckliger ohne Gesicht aufgetaucht wäre, aber laut genug, um den Monstern etwas vorzugaukeln. Auf dem Weg in die Gerichtsmedizin würde ich auch ganz gern singen.

Der Faller ist hinter mir auf der Treppe.

»Showtime!«

»Geisterbahn«, sage ich und bleibe kurz stehen, bis wir gleichauf sind.

»Wie geht es Ihnen?«, fragt er und sieht mich prüfend an. Der macht sich schon wieder Sorgen.

»Ich bin müde«, sage ich. »Und nicht in der Stimmung für eine zweite Begegnung mit einer verstümmelten Frau.«

»Ja«, sagt er, »irgendwie wirken sie auf den Metallpritschen noch bedrohlicher.«

»Wenn man sie zum zweiten Mal gesehen hat, kann man ihren Anblick noch viel schlechter vergessen. Haben Sie schon mit den beiden philippinischen Matrosen gesprochen?«

»Ja«, sagt der Faller. »Die tun so, als würden sie unter Schock stehen, und kriegen das Maul nicht auf. Aber ich glaube sowieso nicht, dass die irgendwas wissen könnten, was uns interessiert. Die wirken nicht so, als hätten sie das Kaliber, nach dem wir suchen. Außerdem läuft ihr Frachter heute Abend wieder aus, und es gibt nicht wirklich einen Grund, sie hier festzuhalten.«

Der Faller nun wieder. Ich denke, er hat recht und vertraue seinem Urteil. Der alte Mann wird schon wissen, wie er die Situation einzuschätzen hat.

»Und was sagen die Kollegen von der Spurensicherung?«

»Eine Menge«, sagt der Faller. »Mit dem Ergebnis, dass wir keinen einzigen brauchbaren Hinweis auf den Täter haben, nicht mal eine Fußspur. Hat ja letzte Nacht wieder mal Katzen und Hunde geregnet. Der Typ hatte echt Glück mit dem Wetter.«

»Was macht Sie so sicher, dass unser Mörder ein Mann ist?«, frage ich.

»Jemanden zu erdrosseln«, sagt er, »ist nicht gerade Frauensache, oder?«

Wir gehen nebeneinander die letzten Stufen runter, und je weiter wir nach unten kommen, desto steriler und glatter wird alles, die grauen Treppen und Wände wirken so rutschig, als könne man, einmal dort unten, jeden Gedanken daran vergessen, es jemals wieder nach oben zu schaffen.

»Alles in Ordnung?«, fragt der Faller.

»Ja«, sage ich, »alles okay.«

Vor uns liegt die Stahltür zur Gerichtsmedizin, dahinter ist der Kunststoffvorhang, und ist das, was von einem Verbrechen bleibt. Ich würde mich gern bei ihm einhaken, traue mich aber nicht.

Tür auf, Vorhang beiseite, Totentanz.

Der Doc wäscht sich gerade die Hände. Irgendwann mache ich mal mit und wasche mir dann auch direkt die Nase aus, wenn ich hier fertig bin. Dieses Desinfektionsmittel, nach dem es in den Klinikkatakomben riecht, macht mich ganz zappelig. Süß und zitronig, umgekippter sizilianischer Likör plus Domestos. Und einmal gerochen, verlässt es einen den ganzen Tag nicht. Egal, was ich danach essen oder trinken will, es schmeckt nach Obduktion. Meistens nehme ich nach einem Besuch in den Kellern der Uniklinik erstmal nichts mehr zu mir.

Der Raum ist komplett gefliest und in einen grünen Schimmer getaucht. Das Mädchen liegt unter Neonlicht auf dem furchtbar hohen Seziertisch. Ihre Haut ist ganz weiß, fast durchsichtig. Rund um ihren Hals verlaufen die Spuren ihrer tödlichen Begegnung mit einem Strangulierwerkzeug, ein Stückchen weiter unten ziehen sich parallel und im rechten Winkel dazu zwei fein vernähte, leicht rötliche Linien. Eine verläuft entlang ihrer Schlüsselbeine, eine von der kleinen Kuhle unter ihrem Kehlkopf bis zu ihrem Schambein. Aufgemacht, zugemacht. Die hellblaue Perücke liegt auf einer Ablage zwischen Waschbecken und Tisch, in eine Gefriertüte gepackt. Ihr Gesicht ist hübsch, jung und wirkt fast ein bisschen kess. Ich schätze, sie war maximal Mitte zwanzig. Ihr Schädel ist eine einzige Katastrophe. Ich kann kaum hinsehen.

»Schießen Sie los, Doc«, sagt der Faller.

So ist das mit unserer Aufgabenverteilung: In der Gerichtsmedizin redet grundsätzlich er, während ich versuche, nicht umzufallen.

»Der Tod trat zwischen zwei und vier Uhr ein«, sagt der Doc. »Sie wurde erwürgt und hat sich vermutlich kaum gewehrt. Wir haben fast keine Hautpartikel unter ihren Fingernägeln, nichts, was auf einen Kampf hindeutet. Aber sie war auch bis obenhin voll mit Medikamenten, eine wehrhafte Frau ist was anderes. Skalpiert wurde sie erst, als sie schon tot war, der Täter hat es vermutlich mit einer kleinen, scharfen Klinge gemacht. Und sie ist nicht da gestorben, wo ihr sie gefunden habt. Wir müssen aber noch ein paar Analysen machen und schreiben euch das dann für morgen zusammen.«

Ich werfe nochmal einen Blick auf den Schädel des Mädchens und kann plötzlich wieder ganz genau schmecken, was ich gefrühstückt habe. Ich hoffe, der Schinkentoast bleibt, wo er ist.

TÄNZERINNENGESICHT

Der Nebel von heute morgen hat sich im Laufe des Tages und Abends in bösartigen Nieselregen verwandelt, die Sonne hat es wieder mal nicht geschafft. Es ist kurz nach neun. Die Mädchen stehen in einer Reihe, jede hat ihren ganz persönlichen Quadratmeter, und sie tragen ihre Winteruniform: Skihosen, dicke Anoraks in Bonbonfarben und Moonboots. Das Zeug sitzt eng, um die Taille haben sie Bauchtaschen gebunden, da ist ihre Arbeitsausrüstung drin. Geld, Schlüssel, Telefon und Kondome. Hinter ihnen liegt der Hans-Albers-Platz mit seinen Amüsierläden, die seit Jahren die gleiche Kombination aus schneller Trinkmusik und alten Schlagern anbieten und in denen sich am Wochenende halb Pinneberg die Langeweile wegsäuft. In den Gesichtern der Mädchen blinkt die Sex-Reklame von der gegenüberliegenden Straßenseite. Ich frage mich immer, wer ihnen eigentlich diesen Blick beibringt, diese Mischung aus Verführung und Zurückweisung. Der Blick ist wichtig. Er stellt das richtige Machtverhältnis zwischen den Huren und ihren Kunden her: Du spurst und zahlst im Voraus, sonst darfst du nicht ran. Aber wenn du ran darfst – dann ...

Suza und Danila stehen hier schon seit Ewigkeiten. Sie wollen im Herbst aufhören, haben mir mal irgendwas von einem gemeinsamen Sonnenstudio erzählt. Suza trägt apfelgrün, Danila rosa, auf ihren quietschblonden langen Haaren sitzen schwarze Wollmützen. Sie versuchen sich warm zu halten, indem sie auf der Stelle treten. Kleine Cowboy-Bewegungen.

»Hey, guten Abend«, sage ich.

»Moin.«

»Na?«

»Wie laufen die Geschäfte?«, frage ich.

»Och«, sagt Suza, »muss ja.«

Danila: »Und selbst?«

»Ich muss euch was fragen«, sage ich. »Habt ihr kurz Zeit?«

Nicken.

Ich ziehe ein Foto von der Toten aus meiner Manteltasche, das am Tatort gemacht wurde. Eins mit Perücke. Sollten sie wissen, wer sie war, wird der Schreck eh groß genug sein.

»Kennt ihr die?«

Danila nimmt mir das Bild aus der Hand und schüttelt den Kopf. Ich glaube ihr sofort. Wenn diese Mädchen was haben, dann ein Gefühl fürs Wesentliche.

Suza verlegt ihren Posten um genau zwanzig Zentimeter, damit sie auch mal einen Blick drauf werfen kann. »Das heißt ja auch wohl eher ›kanntet‹, oder?«, sagt sie.

»Wo haste das Mädchen denn her?«, fragt Danila.

»Hafen«, sage ich. »Heute früh.«

Suza schaut sich das Foto eine ganze Weile an. »Also, hier hat sie zumindest nicht gearbeitet. Noch nie gesehen.«

»Auch nicht in der Davidstraße?«, frage ich.

»Nö«, sagt sie.

»Bist du sicher?«, frage ich.

Suza nickt. »Ganz sicher.«

Ich stecke das Bild wieder ein.

»Wo könnte sie denn sonst noch gearbeitet haben?«, frage ich. »Gibt's irgendwas neues Aufregendes für Einsteigerinnen?«

»Ich finde, sie hat ein Tänzerinnengesicht«, sagt Danila.

»Ja«, sagt Suza, »solche wie die stehen eher an der Stange als auf der Straße. Ich würde mich an deiner Stelle mal in ein paar Tanzschuppen umhören.«

Sie schaut zum Fenster links über ihrem Kopf. Im ersten Stock macht sich jemand an der Gardine zu schaffen. Man beobachtet uns.

»Ruft ihr mich an, wenn ihr was hört?«

Die Frauen nicken wieder.

»Danke«, sage ich. »Und sonst? Alles okay bei euch? Braucht ihr irgendwas?«

»Alles in Ordnung«, sagt Danila. »Könnte langsam mal'n bisschen wärmer werden.«

Wem sagt ihr das.

»Haste Zigaretten da?«, fragt Suza.

Ich fummele vier von meinen Luckies aus der Packung und gebe sie ab. Sie schauen nochmal hoch zu diesem Fenster mit der wackelnden Gardine und entwickeln langsam einen verkrampften Zug um den Mund. Ich sollte gehen. Wenn sie zu lange mit mir reden, kriegen sie Ärger.

»Danke«, sagt Danila. »Und grüß mal Klatsche.«

»Mach ich«, sage ich.

Ich habe ein unheilverkündendes Schwindelgefühl.

Irgendwie ist alles wie immer.

ZUM BEISPIEL ZUHÄLTER

Von außen ist unsere Staatsanwaltschaft gar nicht mal so schlecht. Klassischer Hamburger Rotklinker, groß, ehrwürdig, respekteinflößend. Aber von innen ist das Ding eine Katastrophe. Da wurde zum letzten Mal in den achtziger Jahren was gemacht, und das eher schlecht. Die Flure sind in Grau, Braun und PVC gehalten, die Büros in Jagdgrün, Orange und Gummibaum. Ich hasse mein Büro. Es ist stickig, staubig, und ich kann da nicht denken. Am liebsten wäre ich eine mobile Staatsanwältin, wenn es so was gäbe. Chastity Riley, immer unterwegs. Verdammt.

Immerhin scheint vor dem Fenster meines Büros die Sonne und macht, dass die kahlen Bäume und sogar die grundsätzlich etwas beleidigt wirkende Justizvollzugsanstalt gegenüber ganz gut aussehen. Angeblich soll hier demnächst der Frühling ankommen, behaupten sie zumindest in den Nachrichten.

Früher, als kleines Mädchen und auch noch als junge Frau, hat mich die Kälte nicht gestört. Aber irgendwann, kurz nachdem sich mein Vater eine Kugel in den Kopf gejagt hatte, wurde mein Blut frostig und der Druck in meinen Adern sackte ab. Ich war gerade zwanzig geworden und bin mit Freunden in einer Bar in Frankfurt gewesen, wir haben getrunken und getanzt und was man halt so macht, wenn man ohne allzu große Sorgen durchs Leben latscht. Gegen halb drei hatte ich den Weg zurück nach Hause gefunden, wobei ich es nie »Zuhause« nannte, dafür fühlten sich meine Herkunftsverhältnisse zu kompliziert an. Meine Mutter, die Frau aus Hanau, war in den USA, und mein Vater, der Mann aus den USA, lebte in Frankfurt. Ich wohnte irgendwo dazwischen.

Ich schloss die Wohnungstür auf, so leise wie möglich, ich wollte meinen Vater nicht wecken. Aber als ich in den Flur trat, sah ich, dass in seinem Arbeitszimmer Licht brannte. Ich schätze, dass ich dann so was gesagt habe wie: »Dad? Bist du noch wach?«

Ich weiß es nicht mehr.

Ich weiß nur noch, dass ich dann vor seinem Schreibtisch stand und mich nicht getraut habe, den toten Körper anzufassen. Er war vornübergekippt, den zerschossenen Kopf in einer Blutlache, auf dem Teppichboden lag seine Knarre, und in der linken Hand hielt er einen zerknüllten Zettel, auf dem stand, dass ich ihm bitte verzeihen möge. Seitdem läuft's nicht mehr so mit meinem Blutdruck, und mir ist halt ständig kalt.

Ich gehe vom Fenster zum Schreibtisch und zünde mir eine Zigarette an. Auf dem Schreibtisch liegen stapelweise Zeitungen und Akten, die Lokalzeitung von heute hat unser Mädchen auf Seite eins:

Horror am Hafen – irrer Mörder skalpiert junge Frau

Neben der Zeitung liegt meine Akte über den Fall, mit Fotos von der Toten. Ein paar aus der Gerichtsmedizin, und ein paar, die noch am Tatort von ihr gemacht wurden. Ich hole tief Luft, setze mich und schaue sie mir nochmal an. Ich versuche mich auf ihr Gesicht zu konzentrieren, aber ich sehe immer nur das, was nicht mehr da ist. Nach der Farbe ihrer Augenbrauen zu urteilen, war sie brünett oder zumindest nicht hellblond. Ich weiß nicht, warum, aber ich stelle mir vor, dass sie lange, glänzende Locken hatte. Vielleicht weil es der größtmögliche Kontrast zu dieser merkwürdigen Pornoperücke ist.

Ich lege meine Zigarette in den Aschenbecher, nehme einen Stift und einen Block, weil ich eine Liste mit zu beantwortenden Fragen machen will, was man eben so macht in Fällen wie diesen, aber dann wird mir schwindelig, ich lege den Stift weg, halte mich am Tisch fest und nehme schnell einen Zug von meiner Zigarette. Mache die Augen zu. Bin wieder Mitte zwanzig, mitten im Jurastudium, meine Haare trage ich zu einem ordentlichen Knoten gebunden, ich bin gewissenhaft und eine gute Studentin, ich tue, was man von mir erwartet, ich tue es nicht für mich, sondern für meinen toten Vater, er hat sich immer so sehr gewünscht, dass ich cool bin und stark, dass ich erfolgreich bin, dass ich allen zeige, wo der Hammer hängt, und genau das zeige ich ihm, ich mache alles richtig, jeden Tag.

Inzwischen bin ich nicht mehr so hart zu mir, und zu allen anderen, die vielleicht nur mal Pech hatten.

Jemand klopft an meine Tür.

»Jetzt nicht«, sage ich.

Jemand hält inne, ich kann fast hören, wie vor meiner Tür nachgedacht wird. Dann: Abgang. Wahrscheinlich wollte mir meine Sekretärin nur eine Tasse Kaffee bringen, so wie sie es um diese Zeit immer macht, und ich blöde Kuh hab sie abfahren lassen.

Ich atme ein und wieder aus und nehme die Akte nochmal in die Hand. Wir haben bisher nichts, was uns helfen könnte herauszufinden, wer die Tote war. Nicht mal eine kleine Porzellankrone auf einem kaputten Zahn oder sonst was, womit wir die Datenbanken irgendwelcher Zahnärzte belästigen könnten. Es gab in den letzten vierundzwanzig

Stunden nicht eine Vermisstenanzeige. Und ohne Identität des Opfers keine Spur zum Täter, so ist das nun mal.

Ich rufe Klatsche an.

»Hey.«

»Hey, Klatsche.«

»Baby. Du hörst dich furchtbar an.«

»Lass die Baby-Scheiße«, sage ich. »Wo bist du gerade?«

»Im Einsatz«, sagt er. »Super Geschäft heute, ist wohl Tag der geschlossenen Türen.«

»Bist du in Kieznähe?«

»Nö«, sagt er, »ich kann da aber hinfahren. Geht's um das tote Mädchen?«

»Ja«, sage ich. »Es müsste mal jemand mit ein paar Leuten reden. Wir haben keine Ahnung, wer sie war.«

»Ich nehme an, ich soll mit Leuten sprechen, mit denen du nicht so gerne sprichst.«

»Korrekt«, sage ich.

»Zuhälter?«, fragt er.

»Zum Beispiel«, sage ich. »Die Kollegen durchkämmen heute noch die Tanzschuppen, aber auf Luden kann ich die nicht loslassen, das funktioniert nie so richtig.«

»Ist jetzt noch ein bisschen früh am Tag«, sagt er, »aber ich kümmere mich.«

»Ruf an, wenn du was rausgefunden hast, ja?«

Ich lege auf, nehme meinen Mantel und gehe raus. Durchlüften.

ANARCHO-ELVIS

Ich stehe an Deck und rauche gegen den Wind. Links die Containerschiffe, Kräne und Restposten alter Hafensiedlungen, rechts die schwimmenden Hochhäuser, in denen Menschen, die vor Krieg und Tod geflohen sind, wohnen müssen. Dahinter klebt die Stadt und sieht riesig aus, eine Silhouette aus schwachen Lichtern, wie eine weitere Facette des wolkigen Himmels. Neben mir sitzt eine Frau, sie hat Kopfhörer auf und schaut aufs Wasser. Sie trägt ein zartrosa Kostüm und sieht nach Geschäftsfrau aus. Sie scheint ein bisschen Probleme mit ihren Schuhen zu haben, ihre Füße quellen am Spann ziemlich hervor. Und die Musik, die aus ihrem Kopfhörer kommt, muss pervers laut sein, ich tippe auf Punkrock. Ich finde sie nett, wie sie da sitzt, in ihrem Kostüm und ihren zu kleinen Schuhen und mit diesem Krach in ihren Ohren. Ich lächle sie an, aber sie reagiert nicht.

Wir legen am Museumshafen an, am Pier liegt ein zum Café umgebautes Schiff, am Ufer stehen kleine alte Häuser mit winzigen Vorgärten. Ich schaue nochmal zu Frau Punkrock rüber, jetzt lächelt sie plötzlich, aber ich glaube nicht, dass ich gemeint bin, und gehe an Land.

Die Imbissbude steht noch. Sie ist so baufällig und abgerockt, dass sie eines Tages einfach vom Wasser verschluckt werden wird. Die Bude ist ein Traumplatz, aber das wissen nur wenige. Die meisten Leute werden von den aufdringlichen Cafés in Strandnähe angesaugt. Der Imbissbude sieht man ihre Seele von außen nicht an. Sie ist ja nicht mal eine Hütte, mehr ein Verschlag. Aber gegenüber ist das Herzstück des Hafens, da sind die großen Docks, es ist ein gutes Gefühl, die so in der Nähe zu haben. Und wer in der Bude mal drin ist, spürt es sofort: Hier ist alles okay, hier gibt es an richtig kalten Tagen sogar Erbsensuppe. Hier hab ich vor ein paar Jahren Carla kennengelernt.

Es war an einem Samstag, es regnete und stürmte und der Bretterverschlag war brechend voll, der halbe Strand schien dort Schutz vor dem Wetter zu suchen. Ich fühlte mich einsam und war schon durch den ganzen Hafen gelaufen auf der Suche nach einer Flasche Bier. Carla stand zufällig neben mir in der Tür, wir versuchten beide, uns noch reinzuquetschen, als plötzlich eine Welle Elbwasser über den Anleger schwappte. Nirgendwo war ein Schiff zu sehen gewesen, die Welle kam völlig unerwartet, und nach dem ersten Schreck fingen alle in der Bude an, sich vor Lachen auszuschütten, vermutlich aus Erleichterung darüber, dass das alte Ding nicht einfach mit raus aufs Wasser gesprungen war. Carla und ich waren die Einzigen, die der Splash voll erwischt hatte, und auch die Einzigen, die sich nicht totlachten. Ich war stinksauer, meine Haare und mein Mantel trieften, ich hatte Brackwasser geschluckt, es war ekelhaft, ich wollte gerade anfangen, alle anzuschreien, als Carla nach dem Fischbrötchen ihres Nachbarn griff, den Hering da rausnahm und sich bis zur Hälfte in den Mund steckte. Sie legte den Kopf schief, schnitt ein dummes Gesicht in meine Richtung, und so nass, wie sie war, sah das brutal komisch aus.

Ich bestellte zwei Bier.

Seit diesem Tag sind wir Freundinnen. Sie ist meine einzige Freundin.

Heute stehen nur ein paar versprengte Gestalten hier

rum, alte gammelige Hafenmänner mit zufriedenen, furchigen Gesichtern. Einer von ihnen hat sich eine Gitarre umgehängt und spielt Elvis. Er singt nicht, er schrammelt nur einen Song nach dem nächsten. Auf der Schiefertafel hinter der Theke steht: HEUTE CURRYWURST. SO GROSS, DASS SIE VERBOTEN GEHÖRT.

Ich rufe den Faller an und sage, dass er herkommen soll.

»Warum?«, fragt er.

»Es gibt Anarcho-Currywurst und Elvis«, sage ich.

»Was noch?«, fragt er.

»Ich könnte Gesellschaft brauchen.«

»Okay, ich komme.«

Eine Viertelstunde später ist mein Kollege da, vielleicht ist er mit Blaulicht gefahren. Manchmal hab ich den Verdacht, dass er mich heimlich adoptiert hat. Vielleicht wünsche ich mir das aber auch nur. Seine Tochter ist jetzt zwanzig. Wenn ich den Faller mit seiner Tochter sehe, wenn ich sehe, wie er sich vor sie stellt, egal was passiert, wenn ich all die Liebe für sie in seinen Augen sehe, dann legt sich eine Zange um meine Seele und presst mir alles zusammen, und manchmal passiert es, dass der Faller das merkt, und dann holt er mich irgendwie rein in den Kreis, und ich könnte heulen und muss sofort eine rauchen.

Ich schiebe dem Faller eine von den beiden monströsen Currywürsten mit Pommes rüber, die ich für uns organisiert habe.

»Bier?«, fragt er.

»Ich bin im Dienst«, sage ich.

Der Faller grinst. Er weiß, dass mir das eigentlich egal ist und dass ich zu jeder Tages- und Nachtzeit trinke, wenn mir danach ist. Gerade ist mir aber nicht danach, also trinke ich Apfelsaft. Kriminalhauptkommissar Faller bestellt sich ein Wasser. Seit dieser verfluchte Mist damals passiert ist, seit ihm der Alkohol in einer düsteren Nacht seine Würde genommen hat, rührt er nichts mehr an.

Ich beiße in meine Currywurst. Außen hart, innen weich, gerade genug Salz und ein Tick zu viel Pfeffer.

»Also«, sagt der Faller, »was macht das tote Mädchen in Ihrem Kopf?«

»Liegt da rum und blutet«, sage ich mit vollem Mund.

»Dann drehen wir sie doch mal ein bisschen«, sagt der Faller.

»Ich will nicht«, sage ich und spieße zwei Pommes auf.

»Darauf können wir jetzt leider keine Rücksicht nehmen«, sagt er.

Er schiebt sich ein Stück Wurst in den Mund und macht beim Kauen die Augen zu. Der Mann mit der Gitarre spielt einen meiner Lieblingssongs: Walk a Mile in My Shoes. Und ich bilde mir ein, der Himmel draußen über den Docks hätte einen rosa Schimmer angenommen.

»Ich kann mich einfach nicht richtig auf den Fall konzentrieren«, sage ich. »Mein Kopf springt nicht an, und wenn doch, tut er weh.«

»Wo genau tut's denn weh?«, fragt er. »Eine Tote macht Ihnen doch sonst auch nicht solche Probleme.«

Es geht darum, dass er ihr die Haut abgezogen hat, denke ich. Ich denke an ihre Haut und habe Angst um meine eigene, warum auch immer.

»Mir fehlt der Zugang zu seinem Gehirn«, sage ich. »Ich kann und will mich nicht in ihn reinversetzen.«

Der Faller weiß so gut wie ich, dass genau das normalerweise meine große Stärke ist: denken wie ein Täter. Im Grunde meines Herzens bin ich kriminell. Ein richtig schlimmer Finger. Aber kein Psychopath.

»Sie sind eben kein Psychopath«, sagt der Faller.

»Sind Sie einer?«, frage ich und kippe meinen Saft auf Ex.

»Ich«, sagt er, »bin eher der Typ für einen handfesten Totschlag.«

Ich weiß, dass er das ist.

»Wir stehen also richtig schön scheiße da«, sage ich.

»Muss ja keiner merken«, sagt er. »Und jetzt lassen Sie uns mal Hand in Hand in die Hölle spazieren.«

Ich lege meine Plastikgabel weg. Draußen pfeift eine Windböe um die Ecken der Baracke und rüttelt am Holz, und dann ist es wieder still, bis auf die Möwen, bis zur nächsten Böe. Der Mann mit der Gitarre hat aufgehört zu spielen.

Der Faller stippt drei Pommes in die Currysauce und steckt sie sich in den Mund.

»Die Vorstellung von abgetrennter Kopfhaut«, sagt er und kaut, »wie schlimm ist das für Sie?«

»Kann ich nicht sagen.«

»Falsch«, sagt er, »Sie können nicht drüber reden.«

Ich zucke mit den Schultern.

»Er wollte nicht ihre Haut, Chas«, sagt er. »Er wollte ihre Haare. Und leider eben komplett. Hören Sie also auf, über Haut nachzudenken. Unser Thema ist ›Haare‹.«

»Ich glaube, sie war brünett«, sage ich.

»Das ist Spinnerei, Chas«, sagt er. »Es gibt auch jede Menge Blondinen mit dunklen Augenbrauen.«

»Wissen wir schon was über die Perücke?«, frage ich.

»Australisches Fabrikat«, sagt er, »wird auf der ganzen Welt verkauft. Massenware, in jedem Transenshop erhältlich, allein auf dem Kiez liegen die hundertfach in den Regalen.«

Ich bestelle mir jetzt doch ein Bier, was soll's. Und der Faller vernichtet die Reste seiner Wurst und sagt mit vollem Mund eines seiner Lieblingsgedichte auf, es ist eine Zeile aus einem sehr schönen Lied, das ich ihm vor Jahren mal vorgespielt habe, als es ihm nicht so gut ging: »Der Mensch besteht fast nur aus Wasser und der Rest ist Alkohol. Nur wenn er sturzbetrunken weinen kann, fühlt er sich restlos wohl.«

»Es ist gleich zwei«, sage ich und nehme einen kräftigen Schluck aus der Pulle. »Wir müssen los.«

PHENOBARBITAL, ZWEI ZIGARETTEN, EIN APFEL

Im Konferenzraum in der Staatsanwaltschaft sitzen an einem großen Tisch: die Kollegen Brückner und Schulle aus Fallers Mordbereitschaft. Borger, unser forensischer Psychologe. Eine junge Assistenzärztin aus der Gerichtsmedizinn. Außerdem Hollerieth von der KTU, der Faller und ich. Calabretta ist nicht da, der musste mit seiner Mutter zum Arzt.

Brückner und Schulle mag ich. So klassische Hamburger Jungs mit flachsblonden Haaren und Gesichtern, die nie älter werden als achtundzwanzig. Der Brückner ist eher klein und der Schulle ist eher groß.

Borger ist Ende vierzig, er trägt eine sehr langweilige, silberne Lesebrille und sieht aus wie der Religionslehrer von nebenan, spricht aber wie ein Billard-Profi: cool und abgeklärt. Ich hab noch nie erlebt, dass den Borger irgendwas aus der Ruhe gebracht hätte. Die Kollegen im Präsidium nennen ihn intern *Mr. Valium,* und ich glaube, er weiß es auch, aber das ist ihm natürlich egal.

Die Frau aus der Gerichtsmedizin kenne ich nicht, die scheint neu zu sein. Sie ist erdbeerblond und hat eine beeindruckend spitze Nase, Modell Kleopatra, und sie wirkt auf den ersten Blick irre zart und auf den zweiten Blick sehr professionell. Schade, dass der Calabretta nicht da ist. Ich glaube, sie könnte sein Typ sein.

Hollerieth ist der Chef der KTU und der, den ich von diesen Eierköpfen am wenigsten leiden kann. Ich habe tatsächlich das Bedürfnis, ihm wehzutun. Er ist ein hochnäsiger Typ mit einem plumpen Gesicht und langen, dürren Händen, die überhaupt nicht zum Rest seiner Erscheinung passen, und irgendwas an ihm macht mich rasend. Vielleicht reicht es, dass er einfach nur anwesend ist. Zu seinem plumpen Gesicht trägt er einen ebenso plumpen, grauen Schnurrbart, ein grobes, graues Sakko und eine indiskutable Motivkrawatte zu einem labberigen Hemd.

»Wir haben so gut wie nichts«, sagt er und lässt einen vorwurfsvollen Blick über den Tisch rutschen. Als könnte da irgendjemand was für.

»Und das heißt genau?«, fragt der Faller.

Hollerieth schlägt seine Akte auf, spinnenfingrig und wichtigtuerisch.

»In der Nacht von Montag auf Dienstag hat es aus Eimern geschüttet. Wir haben also zwar jede Menge Fußabdrücke und Reifenspuren, aber die sind verwischt und nicht zuzuordnen – auf dem Kopfsteinpflaster am Hafen fahren und latschen ja auch jede Menge Leute rum. Am Körper der Toten haben wir kein Stück fremde DNA gefunden, lediglich ein paar vereinzelte Klamottenfasern. Irgendjemand trug vermutlich eine Jeans und einen Wollpullover, entweder sie oder ihr Mörder. Und wir gehen davon aus, dass sie mit einem Plastikkabel erwürgt wurde, weil wir an ihrem Hals wiederum kein faseriges Material gefunden haben.«

Der Hollerieth schaut die junge Ärztin aus der Gerichtsmedizin an. »Oder was meinen Sie?«

»Kunststoff«, sagt sie und nickt. Sie hat eine wunderschöne rauchige Stimme, die perfekt zu ihrer Haarfarbe passt. »Ich tippe aber von der Verletzung her eher auf einen Kabelbinder als auf ein Kabel. Ein Kabel würde nicht solche Einschnitte hinterlassen.«

»Und sonst?«, frage ich. »Ist da was unter ihren Fingernägeln?«

»Nichts, was auf einen Kampf hindeutet«, sagt sie. »Die Hautpartikel, die wir gefunden haben, sind ausschließlich von ihr selbst. Sie hat sich höchstens mal am Kopf gekratzt. Bis auf die Würgemale an ihrem Hals hat sie keine Hämatome. Und was die Ausbildung der Leichenflecken angeht, kann ich mit ziemlicher Sicherheit sagen, dass sie erst nach ihrem Tod an die Stelle geschafft wurde, an der die beiden Matrosen sie gefunden haben.«

»Was ist mit den Tabletten, von denen der Doc gesprochen hat?«, frage ich.

»Phenobarbital«, sagt sie, »ein starkes Schlafmittel. Ist verschreibungspflichtig und wird eigentlich nur noch zur Narkosevorbereitung oder bei Epilepsie verabreicht. Der Stoff ist schwer zu beschaffen. Es könnte natürlich sein, dass unser Täter Epileptiker ist. Aber dann braucht er das Zeug selbst und kann es sich nicht leisten, es in solchen Dosen zu verpulvern.«

»Wie wirkt das?«, fragt der Brückner.

Wollte ich auch gerade fragen. Diese ersten SoKo-Treffen sind immer ein bisschen wie die erste Stunde bei einem neuen Mathelehrer: Alle versuchen, einen möglichst klugen, aufmerksamen Eindruck zu machen.

»Das hängt von der Dosierung ab«, sagt die Ärztin, deren Art zu reden mir mit jedem Satz, den sie von sich gibt, besser gefällt. Ein schön unbeteiligter Singsang. Ich muss den Faller unbedingt fragen, ob er sich ihren Namen gemerkt hat. »Die Tote hat eine ordentliche Menge in Verbindung mit Gin bekommen«, sagt sie. »Ich schätze, sie ist im Stehen eingeschlafen und wurde dann auch schnell über den Jordan geschickt. Phenobarbital ist ein mächtiges Zeug, da muss man eigentlich nur noch ein bisschen nachhelfen.«

»Der Täter wollte ihr nicht wehtun«, sagt Borger und kratzt sich am Kinn.

»Und sie wird auch nichts gespürt haben«, sagt die Ärztin.

»Ich tippe übrigens darauf, dass er sie erst getötet und dann ausgezogen hat«, sagt Herr Borger. »Mir kommt unser Mann nicht besonders mutig vor, der wollte auf Nummer sicher gehen. Wenn sie noch eine Möglichkeit gehabt hätte, sich zu wehren, hätte er es nicht geschafft, sein Programm durchzuziehen. Das würde auch zu dem Kabelbinder passen. Den muss man nur einmal ordentlich straff ziehen, und dann kann man loslassen, der Rest passiert von selbst.«

»Auch der Schnitt, mit dem ihr Skalp abgetrennt wurde, ist erst nach ihrem Tod gemacht worden, und das eher vorsichtig als brutal«, sagt die Ärztin. »Er hat mit einer scharfen, aber ziemlich kleinen Klinge gearbeitet. Vielleicht mit einem Teppichmesser.«

»Ich glaube, er ist keiner, der Hass gegenüber Frauen empfindet«, sagt Borger. »Vielleicht weiß er nicht mal, was er getan hat.«

»Hatte er Sex mit ihr?«, frage ich die Ärztin.

»Nein«, sagt sie. »Da war gar nichts.«

»Hätte auch nicht gepasst«, sagt Borger.

»Können Sie schon irgendwas darüber sagen, mit was für einem Menschen wir es zu tun haben?«, frage ich ihn.

Er streckt sich. »Ich bin mir sicher, dass es sich um einen Mann handelt«, sagt er, »und ich glaube nicht, dass er besonders alt ist. Vielleicht reden wir auch nicht über einen Mann, sondern über einen Jungen. Oder er ist doch älter, aber emotional erst auf dem Weg zum Erwachsenen. Solche Sachen passieren, wenn etwas aufbricht, etwas Heftiges, das lange geschmort hat und dann plötzlich raus muss aus dem Seelenofen. Und es muss in der Regel dann raus, wenn ein Mensch einen Entwicklungsschritt macht. Aber das ist mehr so ein Gefühl von mir.« Er zieht die Stirn kraus und sieht mich an. »Ich würde sagen, wir suchen nach einem eher unauffälligen, netten, vielleicht sogar charmanten Mann. Es muss ja einen Grund gegeben haben, warum die Frau mit ihm mitgegangen ist.«

Schulle atmet laut aus.

»Unser Nachbar war immer so nett und schüchtern, das hätten wir nie von dem gedacht?«

Borger zuckt mit den Schultern und fängt an, sich eine Pfeife zu stopfen.

Der Faller fixiert seine beiden Männer.

»Habt ihr inzwischen irgendwas über die Identität unserer Toten herausgefunden? Haben wir wenigstens eine Richtung?«

Brückner schüttelt den Kopf, sein Gesicht ist ganz zerknittert.

Schulle lehnt sich mit verschränkten Armen in seinem Stuhl zurück.

»Wir haben noch nicht alle Tanzschuppen durch«, sagt er, »und ich denke, da gibt's auch noch ne Menge Läden, die wir nicht kennen, weil viele nicht offiziell sind. Wäre gut, wenn wir ein bisschen Unterstützung von der Sitte oder so kriegen könnten.«

»Ich habe einen Freund«, sage ich, »der hilft gern, und ich hab ihn quasi schon losgeschickt.«

»Auch gut«, sagt Schulle.

Brückner schaut etwas irritiert. Er kann es nicht gut leiden, wenn sich andere Typen einmischen.

»Ist schon okay«, sagt der Faller, »wir arbeiten öfter mit dem jungen Mann zusammen.«

Die Ersten stehen auf, das war's dann also wohl, alle lungern noch ein bisschen um den Tisch rum, spicken in den Akten des anderen, und ich bewege mich unauffällig in die Nähe der Gerichtsmedizinerin mit der Reibeisenstimme.

»Frau Riley«, sagt sie, »freut mich, Sie endlich kennenzulernen.«

»Ach ja?«

Ich schenke ihr mein nettestes Lächeln.

»Ich bin Bettina Kirschtein«, sagt sie. »Aber meine Freunde sagen Betty.«

»Rauchen Sie, Betty?«

»Manchmal«, sagt sie.

Wir gehen raus und rauchen eine, sie holt einen Apfel aus der Tasche und isst ihn zur Zigarette. Sie sagt, sie mache das immer so. Und sie sagt, es sei völlig in Ordnung, wenn man die Gerichtsmedizin scheiße findet.

ICH BIN WEGEN DER GEFÜHLE HIER

In einer halben Stunde wird das Heimspiel angepfiffen. Carla und ich treffen uns wie immer in der Südkurve, sie hat das Bier, ich die Zigaretten. Sie trägt ihre Frühlingsmontur, schwarzes Piratenkopftuch statt brauner Wollmütze, Totenkopf-Sweatshirt statt dicker Jacke und Millerntorschal.

»Ist das nicht ein bisschen kalt für 90 Minuten?«

»Quatsch«, sagt sie, »es hat mindestens zwölf Grad. Los, Kippe her.«

»Bier her«, sage ich, und wir nehmen einen schnellen Gefangenenaustausch vor. Zu unseren Füßen ist das Spielfeld, am anderen Ende die Nordkurve mit den Modefans, und dahinter erhebt sich der alte graue Bunker in den Abendhimmel. Das Flutlicht heuchelt Beleuchtung, und aus den kaputten Lautsprechern scheppert schrecklicher Schweinerock. Im Grunde ist es furchtbar, aber wir lieben es. Und wir haben jetzt schon schlechte Laune, wenn wir dran denken, dass in diesem Sommer in Deutschland eine Fußballweltmeisterschaft stattfinden wird. Da werden sie Stadien zu Arenen umbauen, damit Leute wie Ronaldinho es auch schick haben, da wird die Blutgrätsche von der Rasenheizung verdrängt werden, und da wird Franz Beckenbauer einen Deal mit Gott einfädeln: vier Wochen Bombenwetter während der Geschäftszeiten, dafür die nächsten drei Jahre kein Sommer. Wir wissen alle, dass das passieren wird.

Die Spieler machen sich warm. Carla und ich haben selbstverständlich unsere Lieblinge. Ich mag den großen Mittelfeldspieler mit der Nummer 17, der ist nämlich ein Kollege. Ein Kommissar, der gut genug kicken kann, um neben seinem Vertrag bei der Kripo auch noch einen beim örtlichen Drittligisten zu haben, und wenn er ein Tor schießt, brüllt der ganze Rotlichtbezirk den Namen eines Bullen, das ist vollkommen beknackt. Carla findet den jungen Verteidiger mit der Rückennummer 14 gut. Sie sagt, der würde seine Gegner immer so »charmant« umhauen. Den Torwart finden wir beide schwierig. Er kommt aus dem tiefsten Bayern, und ich halte ihn für einen unterbelichteten und chronisch überschätzten Langweiler, der meinetwegen endlich seine Handschuhe an den Nagel hängen könnte. Carla sagt, er sei ein beschissener Angeber ohne Manieren. Der Sozialhilfeempfänger, der immer neben uns steht, sieht es sportlich: »Die unhaltbaren Dinger, die hält er. Aber die ganz normalen, die lässt er grundsätzlich durch. Hölle. Versteh' ich nicht.«

Er versteht so einiges nicht. Neulich fragte er mich in der Halbzeitpause, wie es denn angehen könne, dass seine Frau jetzt mit einer Prostituierten aus Billstedt durchgebrannt sei, nur weil er ab und an mal ein bisschen mit dieser kleinen Russin rumgemacht hätte. Ich konnte ihm da leider auch nicht weiterhelfen. Aber weil man sich eben mag, wenn man seit Jahren wortkarg nebeneinandersteht, nickte ich einigermaßen traurig zu seiner Geschichte.

Carla feuert unsere Jungs schon mal an. Sie findet, dass sie auch beim Warmmachen Unterstützung brauchen. Sie würden dann ganz anders in die Kabine gehen, sagt sie. Ich beschäftige mich vor dem Spiel immer damit, mir die verdrehten Ultras in der Gegengerade anzuschauen. Die nutzen die Zeit, um sich einzusingen, sich volllaufen zu lassen und sich gegenseitig die wilden Transparente zu zeigen, die sie dann gleich ausrollen werden. Ich kann noch nicht entziffern, was heute draufsteht, aber es wird wohl irgendwas mit dem Präsidenten zu tun haben, den sie immer loswerden wollen. Mir ist das egal, ich bin wegen der Gefühle hier.

Die Spieler traben so langsam Richtung Kabine. Carla unterbricht ihre Schlachtrufe und sagt: »Der Anzugtyp war heute im Café.«

»Und?«, frage ich.

»Er sah schon wieder aus, als könnte er eine Frau gebrauchen.«

»Aber ich sehe nicht aus, als könnte ich einen Mann gebrauchen, Carla.«

Sie schaut zu mir hoch. Bambiblick.

»Vergiss es«, sage ich.

»Der ist echt gut!«, sagt sie.

»Dann nimm du ihn doch«, sage ich.

»Geht nicht ...«, sagt sie und schaut auf ihre Füße.

»Carla, jetzt sag nicht, dass Fernando wieder am Start ist.«

Sie schiebt die Lippen nach vorne.

»Oh, Mann«, sage ich.

Fernando ist seit Jahren Carlas On-Off-Lover, er ist ein Riesenarschloch, und er muss eine Granate im Bett sein – er bringt sie zum Weinen, aber sie kommt nicht von ihm los.

»Was ist jetzt mit dem Anzugtyp?«, fragt Carla. »Soll ich da mal was arrangieren?«

»Einen Teufel wirst du tun.«

Carla nimmt meine Hand. Dann laufen die Spieler

wieder ein, mit einem Gongschlag und »Hells Bells« von AC/DC. Sie springen, sie winken, sie schlagen sich selbst auf die Wangen, sie machen sich aggressiv, das Stadion tobt, es ist irre laut, Papierschnipsel fliegen, bengalische Feuer brennen, es ist ein Riesending.

»Wenn sie doch nur mal so gefährlich wären, wie sie tun«, sage ich.

Carla sagt: »Scheiß drauf.«

TERMINE, TERMINE

»Chas, wo steckst du?«

»In der Badewanne.«

»Nach was riecht's denn?«

»Muskatnuss.«

»Das hab ich dir geschenkt.«

»Ich weiß, Klatsche.«

»Gut. Dann spring mal aus der Wanne und in die Klamotten. Du hast gleich einen Termin.«

»Was hab ich wann, wo und mit wem?«

»Einen Termin«, sagt er, »um halb elf. Am Anleger an der alten Fischauktionshalle. Der Typ heißt Basso. Ist nur ein kleines Licht, aber er meint, er kann dir eventuell weiterhelfen.«

»Kommst du mit?«, frage ich.

»Ich bin in zehn Minuten vor unserer Tür.«

Ich tauche nochmal unter, höre einen Moment ins Wasser rein, tauche wieder auf, steige aus der Wanne, trockne mich ab, binde mir die Haare zusammen und ziehe Jeans, einen dunklen Rollkragenpullover und Stiefel an. Ich nehme meinen Mantel, meine Mütze, meine Zigaretten, dann mache ich meine Schreibtischschublade auf und schaue die Knarre an. Sie gehörte mal meinem Vater. Ich darf so was eigentlich nicht haben und schon gar nicht benutzen, aber sie ist ja eigentlich gar keine Knarre, sondern nur ein Erbstück, eine Erinnerung. Und wenn ich nachts einen Aushilfszuhälter treffe, bin ich gerne gut ausgerüstet.

DAS KOPFSTEINPFLASTER IST NASS UND RIECHT NACH FISCHHAUT

Auf der Straße stehen ein paar Jungs in braunen Kapuzenpullis, sie schwanken bedenklich und singen Sankt-Pauli-Lieder. Klatsche lehnt an seinem alten Volvo, raucht und sieht mich an.

»Gefährlich siehst du aus«, sagt er.

»Du bist auch ganz niedlich.«

Ich mache die Beifahrertür auf und steige ein. Der Volvo ist eine verdammte Müllhalde. Wenn ich so ein Schmuckstück hätte, würde ich es in Schuss halten, aber das geht mich ja nichts an. Klatsche haut den ersten Gang rein, es kracht. Wenn ich das Getriebe wäre, würde ich schreien, aber das bin ich ja nicht. Ich schaue ihn einen Tick zu lange von der Seite an, er schaut zurück und zieht die Augenbrauen hoch, dann zuckeln wir unsere Straße entlang. Gerade nachts habe ich manchmal den Verdacht, dass wir in einer Kulisse wohnen. All die kleinen Läden, die halbherzig renovierten Jugendstilhäuser, die liebenswerten, schmutzigen Bars, die Lichterketten, das schiefe Kopfsteinpflaster, die alten Bäume, die Eisdiele, die besoffenen Typen, der Müll. Schön.

»Wie war's heute beim Spiel?«, fragt Klatsche.

»Toll«, sage ich.

»Gewonnen?«

»Ja«, sage ich. »Knapp und unverdient, aber ganz besonders schön. War eine Riesensause.«

»Du Hooligan«, sagt er.

Klatsche findet Drittligafußball bescheuert.

Wir biegen links ab und dann rechts, wir überqueren die Simon-von-Utrecht-Straße, so was wie Sankt Paulis Hauptverkehrsader. Die Reeperbahn sieht verloren aus mitten in der Woche, und es ist kalt. Wir fahren an der Davidwache mit ihrer blauen Polizei-Leuchtschrift vorbei und in die Davidstraße rein, halten auf halber Höhe an der roten Ampel.

»Was ist der Basso so für'n Typ?«, frage ich.

»Heiermannlude«, sagt Klatsche. »Kleiner Angeber. Macht sich gerne mal wichtig. Aber das passt uns ja ganz gut ins Konzept, oder?«

Ich drehe das Fenster runter und zünde mir eine Zigarette an.

»Rauch nicht so viel«, sagt Klatsche.

»Willst du auch eine?«, frage ich.

»Her damit.«

Ich gebe ihm meine und zünde mir eine neue an. Die Ampel wird grün, er gibt Gas, und ich beobachte ihn heimlich beim Rauchen und Auto fahren. Sein Gesicht schwankt permanent zwischen zwei Altersstufen: Wenn er an der Kippe zieht, wirkt es markant und erwachsen, wenn er den Rauch ausbläst, hat er die Züge eines Abiturienten.

Wir fahren die Davidstraße hoch mit ihren kleinen, geduckten Häusern, links vorne kann man schon von Weitem die Baustelle des riesigen Hotels sehen, das sie hier hochziehen. Rechts von uns stehen die vielleicht schönsten Prostituierten der Stadt. Sie verhandeln mit betrunkenen und vermutlich verzweifelten Touristen über Preise und Angebote. Ich schaue aus dem Fenster in den Himmel, die Lichter der Stadt geben dem Blauschwarz eine Portion Orange mit. Wir ruckeln übers Kopfsteinpflaster, haben beide unsere Ellenbogen auf der Armlehne liegen, und Klatsches Arm tickt in einer Tour gegen meinen.

»Beschissene Schlaglöcher«, sagt er.

Ich kann keine Schlaglöcher sehen, die Straße ist für so eine alte Dame wunderbar in Schuss, Kiezvorzeigemeile. Ich ziehe meinen Arm ein bisschen von seinem weg. Er rutscht weiter zu mir rüber. Sein Unterarm ist klar und deutlich an meinem zu spüren, ein permanenter kleiner Stromschlag. Ich ignoriere es und konzentriere mich auf die Fahrbahn, was für einen Beifahrer absolut keinen Sinn ergibt.

Am Ende der Davidstraße biegen wir links ab. Rechts unten liegt schon der Hafen, und jedes Mal, wenn er so plötzlich im Dunkeln auftaucht, stockt mir für einen Augenblick der Atem. Der Hafen hat mich überrascht, als ich vor zehn Jahren nach Hamburg kam, ich hatte nicht damit gerechnet, hier viel mehr als einen Job zu finden. Ich wollte nur mal für eine Weile weg aus Frankfurt, und die Hamburger Staatsanwaltschaft war die erste gewesen, die mir eine Stelle angeboten hatte. Ich hatte vor, zwei, vielleicht drei Jahre zu bleiben, und danach wollte ich nach Berlin, ich kannte hier ja niemanden, ich hatte nur mich und meine schlechte Laune. Aber dann hat sich das anders ergeben. Mit einer Stadt ist es wie mit dem Fußball: Nicht du suchst dir deinen Verein aus. Dein Verein sucht dich aus. Daran erinnert mich der Hafen immer dann, wenn ich gerade dabei bin zu vergessen, dafür dankbar zu sein.

Klatsche hält in einer dunklen Ecke vor der Fischauktionshalle. Rechts ragen Backsteinbauten in die Höhe, fast jedes zweite Haus hat im Erdgeschoss eine Art Schleusenvorrichtung. Das soll die Elbe abhalten. Die Häuser sehen immer aus, als wären sie Burgen des Industriezeitalters, mit Ziehbrücken und allem, das Kopfsteinpflaster ist nass und riecht nach Fischhaut.

»Ihr trefft euch unten am Anleger«, sagt Klatsche, »und ich bin immer in deiner Nähe.«

»Ich hab keine Angst.«

»Ich weiß«, sagt er. »Aber ich finde, der Satz hört sich toll an.«

Ich gebe ihm einen Klaps auf den Hinterkopf, er sagt »danke«, dann mache ich mich über den Steg auf den Weg ans Wasser.

Es ist fünf vor halb elf, und es zieht wie Hechtsuppe. Gegenüber blinkt und schnauft die Industrieromantik, verstohlen und zurückhaltend, auf Nachtmodus gestellt. Ich schlage den Kragen meines Trenchcoats hoch, stecke die Hände in die Manteltaschen, gehe langsam immer weiter Richtung Wasser und versuche, mich auf das Schwanken und das glitschige Holz unter meinen Füßen einzustellen. Mir ist wie immer um diese Uhrzeit ein bisschen schwindelig, ich will einigermaßen sicher stehen, wenn der Basso auftaucht.

Aber der Basso taucht nicht auf. Nicht um halb elf, nicht um viertel vor elf. Außer dem satten Schmatzen des Wassers, das gegen den Anleger schlägt, ist hier gar nichts.

Obwohl.

Mir ist, als wäre da was links hinter dem grauen Elektrokasten für die Wartungsschiffe, als wäre da was gehuscht, als hätte sich da was geduckt. Etwas großes Schwarzes, etwas Hässliches, Fieses. Es ist mehr ein Geruch, als dass ich wirklich etwas sehen würde, mehr eine Ahnung. Ich überlege, ob ich da hinschleichen und nachsehen sollte, aber nein. Man kann hier unten schnell ins Wasser fallen, und da ist es kalt und die Elbe ist voller ungünstiger Strömungen. Ich konzentriere mich auf meinen Atem und versuche, nicht auf das zu achten, was ich in die Ecke hinter dem Kasten phantasiere, auch wenn es mir schwer und kalt im Nacken sitzt. Manche Schatten glaubt man ja nur zu sehen, in Wahrheit gibt es sie gar nicht. Ein Schatten ist nicht viel mehr als eine Angst.

»Komm schon, Basso«, sage ich, »komm schon.« Ich schaue auf die Uhr. Es ist kurz vor elf. Ich könnte schwören, dass sich hinter dem grauen Kasten was bewegt.

NIEDLICHE GEGEND

Um zwanzig nach elf kommt Klatsche den Steg runtergeschlendert.

»Hey. Ich war zufällig in der Gegend.«

»Hör auf mit dem Quatsch.«

»Hat ja astrein hingehauen«, sagt er, »unser Informantentreffen.«

Ich zünde mir eine Zigarette an.

»Meinst du, der hat mich gesehen?«, fragt Klatsche.

»Keine Ahnung«, sage ich. »Aber ich hab ein ungutes Gefühl. Hier stimmt was nicht. Und da hinter dem Stromkasten hat sich was bewegt.«

Klatsche inspiziert die dunkle Ecke.

»Da ist nichts«, sagt er, »nur der übliche Müll.«

Ich bin mir sicher, dass da was war. Ich bin ja nicht bescheuert.

»Weißt du, wo der Basso wohnt?«

»Nee, aber das kann man rausfinden.«

Klatsche geht ein Stück den Steg entlang und ruft jemanden an. Ich kann nicht hören, was er sagt, das Wasser klatscht laut an den Steg und es ist Wind aufgekommen, aber ich sehe, wie er immer wieder nickt, sich genauso umständlich wie pragmatisch ein paar Nummern auf die Handfläche kritzelt und dann den Nächsten anruft. So geht das eine ganze Weile.

Wie der da steht.

Wie er sich gegen die Nacht abzeichnet, wie er das Telefon zwischen Schulter und Kinn geklemmt hat, wie sich die Muskeln in seinem Nacken bewegen. Ich muss die ganze Zeit hinsehen und erschrecke fast ein bisschen, als er plötzlich wieder vor mir steht.

»Okay«, sagt er, »geht los.«

»Wohin?«

»Hammerbrook. Spaldingstraße.«

»Niedliche Gegend«, sage ich und ziehe meine Mütze ein bisschen tiefer in die Stirn.

»Fast so niedlich wie du, Revolvergesicht«, sagt er. »Und schmeiß die Kippe weg, du rauchst wie ein verdammter Schlot.«

SACK & SÖHNE

Wir parken den Volvo direkt unter der S-Bahn-Brücke. Hammerbrook, man muss schon schwer verliebt sein, um das noch romantisch zu finden. Ich war hier mal für eine Nacht verliebt, da stand ich auf dem Dach eines leerstehenden Hochhauses, ich trank billigen Rotwein. Es war Sommer und warm, unter mir brummte der Hauptbahnhof. Der Mann neben mir hatte ein Piratenherz und hielt meins in der Hand. Ich hätte es in diesem Augenblick vielleicht ganz gern dagelassen, bin dann aber doch noch vor Sonnenaufgang abgehauen.

Wir steigen aus, Klatsche schließt das Auto ab.

»Du stehst rum wie Falschgeld«, sagt er, läuft um den Volvo herum, nimmt mich bei der Hand und rennt einfach mit mir über die Straße. Das Auto, das hinter uns langprescht, kann ich in den Kniekehlen spüren. Einen Schritt langsamer gerannt, und wir wären überfahren worden.

»Willst du mich umbringen, Klatsche?«

»Im Gegenteil«, sagt er. Er hält noch immer meine Hand und zieht mich näher an sich ran. Jedes Mal, wenn ich so dicht vor ihm stehe, fällt mir auf, wie groß ich bin. Wenn ich mich ein bisschen strecken würde, könnte ich ihm eine Kopfnuss verpassen, und er ist immerhin knapp einsneunzig. Auf eine seltsame Art bringt er mich dazu, mich selbst wahrzunehmen. Ich mache mich los.

»Welches Haus?«

»Nummer zwei, sechster Stock«, sagt er.

Wir stehen direkt davor.

Klatsche holt seinen Dietrich raus, fummelt ein bisschen am Schloss, die Tür schnappt auf. Wir machen kein Licht an, steigen in den Aufzug, fahren in den sechsten Stock und finden zwei Eingänge. Ich leuchte die beiden Türen mit meinem Feuerzeug an. Auf der einen steht »Sack & Söhne«, auf der anderen steht nichts.

»Wir nehmen die hier«, sagt Klatsche und fängt an, sich an der Tür ohne Schild zu schaffen zu machen. Fummel, klack, schnapp. Auf.

Er ist wirklich schnell.

Hinter der Tür befindet sich ein langer Gang mit hässlicher Auslegeware. Ich kann durch meine Stiefel hindurch ahnen, wie kratzig dieser Boden sein muss. Von draußen schimmert kaltes Straßenlaternenlicht durch die Fenster, eine S-Bahn fährt vorbei. Links ab: drei Toiletten, eine für Herren, zwei für Damen. Rechts: eine Pantry-Küche. Das ist keine Wohnung, das ist ein ehemaliges Büro.

Wir gehen langsam durch den Flur und kommen in einen großen Raum, in dem ein Tisch ohne Stühle steht. Neben dem Tisch krümmt sich ein beleidigter Gummibaum.

»So kann man auch wohnen«, sagt Klatsche.

»Kann man nicht«, sage ich.

Es ist auf eine beklemmende Art still hier. Da hinten geht ein weiteres Zimmer ab, die Tür ist halb offen.

Ich kann bisher nur sehen, dass ein Stuhl quer liegt, aber ich weiß, dass da mehr auf uns wartet. Klatsche geht vor. Er schiebt die Tür mit dem Fuß auf und tritt den Stuhl beiseite.

»Scheiße«, sagt er.

Ich mache das Licht an und frage: »Ist das der Basso?«

Klatsche nickt.

Das war der Basso.

Man kann nur noch wenig von seinem Gesicht erkennen, seine Klamotten sind voller Blut, seine Arme und Beine in alle Richtungen verdreht. Da hat einer richtig zugelangt. Wahrscheinlich haben sich sogar mehrere an ihm ausgetobt. Die Nase und das Kinn sind ein gut gerührter Brei, da waren ein paar unfreundliche Metallwerkzeuge beteiligt. Profiarbeit. Mir wird schlecht, es riecht nach Tod. Scheint so, als hätte der Basso doch was ziemlich Wichtiges zu sagen gehabt. Klatsche ist neben dem armen Kerl in die Knie gegangen.

»Nicht anfassen«, sage ich und lege Klatsche die Hand auf die Schulter. Er zittert.

»Soll ich lieber abhauen?«

»Nee«, sage ich, »bleib mal hier. Die Nerds von der KTU würden sonst nur blöde Fragen stellen.«

Für eine kleine Weile sind wir beide ganz still. Dann hole ich mein Telefon raus und rufe die Kollegen an.

Klatsche starrt mich an, als wolle er mich mit seinem Blick festhalten, und ich starre zurück. Es ist, als würde eine Kraft zwischen uns fließen, die mal ihm hilft und mal mir, und so halten wir es aus, hier zu sitzen und nichts mehr tun zu können.

Sieben Minuten später sind sie alle da. Der Faller sieht müde aus und sagt nicht viel. Er schüttelt immer nur den Kopf. Wir wissen beide: Lass da mal morgen drüber reden.

»So ist das im Leben«, sagt Klatsche, als wir wieder im Volvo sitzen, »da willste ein einziges Mal den Dicken machen, und schon hauen sie dich zu Klump.«

Mir fällt nicht viel dazu ein. Ich hab das schon so oft gesehen, diese armen Schlucker, die ihre Chance gewittert haben und dann voll unter die Räder gekommen sind.

»Kannst du morgen mal zwei Kollegen von mir anrufen?«, frage ich, auch um ihn auf andere Gedanken zu bringen.

»Klar«, sagt er und wischt sich die Nase ab. Seine Augen glänzen. »Wen denn?«

»Brückner und Schulle. Die brauchen einen Tipp, was die Tanzschuppen auf der Meile angeht.«

»Ha, da sind sie bei mir richtig!«, sagt er, etwas zu aufgekratzt. Er achtet darauf, dass ich sein Gesicht nicht sehe, haut den ersten Gang rein und gibt Gas.

Später dann, gegen vier Uhr morgens, sitze ich in meinem Wohnzimmer auf den Holzdielen und trinke Bier. Ich weiß, dass Klatsche es genauso macht, nur eine Wand trennt uns voneinander. Ich kann fühlen, wie meine Seele unaufhörlich von innen gegen meine Haut springt. Hätte ich Eier in der Hose, würde ich ihn rüberholen.

DAS IST JA WOHL EIN TOURISTISCHER BRENNPUNKT

Heute Vormittag war ich bei Gericht, erster Verhandlungstag gegen einen miesen kleinen Drogenhändlerring. Das waren so Typen, auf die ich gar keinen Bock habe. Richtig blöde Arschlöcher. Haben im großen Stil Crack und Heroin vertickt, bevorzugt auf dem Babystrich in St. Georg. Ohne Anstand, ohne Mitgefühl, ohne Herz. Die reden nicht mal in ganzen Sätzen, nur in Brocken, nein, die reden ja gar nicht, die bellen. Und grinsen mich die ganze Zeit an, während ich die Anklageschrift verlese. Ich will, dass sie für gut zehn Jahre hinter Gittern verschwinden. Daumen drücken.

Faller war währenddessen in der Gerichtsmedizin. Dem armen Basso wurde der Schädel eingeschlagen. Die KTU sagt, die Typen müssen zu zweit gewesen sein. Sie sind mit Knüppeln und Schlagringen vorgegangen. Kiezklassiker.

Ich laufe durch die Hafenstraße und kicke ein paar Steine. Ich mag diese Straße, diese paar Häuser, bunt angemalt, mit angedeuteten Vorgärten und Elbblick, die in den 80er Jahren wilde Szenen produziert hat, große, brennende Bilder. Jetzt ist die Hafenstraße nur noch ein touristischer Brennpunkt, um den ein Riesentheater gemacht wird und an dem absolut nichts mehr los ist. Deutschland fährt lediglich ein paarmal am Tag mit Stadtrundfahrtbussen dran vorbei, schaut kurz aus dem Fenster, registriert, aha, hier hat's also geknallt, hier war es mal aufregend, bevor Berlin so schrecklich aufregend wurde, ach, so klein ist das nur? Und schon ist Deutschland wieder weg. Ich glaube, hier wohnt es sich herrlich unbemerkt.

Der Himmel ist bewölkt, immerhin regnet es nicht, aber es ist kalt. Norddeutschland im März, nur ein paar Grad über null, es könnte jederzeit nochmal schneien. Ich zünde mir eine Zigarette an, nehme zwei Züge, schmeiße sie wieder weg, weil mir direkt schwindelig wird, und mache mich auf den Weg zur Apotheke, irgendwas für meinen Blutdruck besorgen.

RESERVIERT WIE EIN VERMIETETER PARKPLATZ

Carla hat es geschafft. Ich sitze in ihrem Café, vor mir steht ein Glas Weißwein, und neben mir an der Theke lehnt der Typ, den sie für mich ausgesucht hat. Er trägt einen gut geschnittenen hellen Anzug. Ich finde ihn gar nicht mal so übel. Groß, um die fünfzig, leicht graues Haar, etwas schütter, aber auf eine altmodische Art nach hinten gestrichen. Und ein selbstbewusstes Gesicht, das nicht für zehn Cent seine Gedanken verrät. Er schaut abwechselnd auf seinen Kaffee und auf mich. Carla beobachtet uns aus dem Augenwinkel. Ich räuspere mich.

»Erkältet?«

»Nein«, sage ich und schaue ihm in die Augen. Sie haben einen kalten Glanz. Er hält meinem Blick stand.

»Schönes Café«, sagt er.

Ich sage nichts und drehe mein Weinglas ein bisschen in der Hand.

»Ich bin noch nicht lange in Hamburg«, sagt er, und dann, etwas leiser: »Und ich entdecke täglich eine neue Schönheit.«

Oh, das war jetzt ein bisschen schmierig.

Er trinkt seinen Kaffee aus und streckt mir die Hand hin: »Claudius Zandvoort. Ich bin der Typ, der dringend noch eine zweite Tasse Kaffee brauchen könnte. Möchten Sie auch einen?«

»Danke«, sage ich, »ich bleibe bei meinem Wein«, und nehme seine Hand. »Chastity Riley.«

Die Hand ist trocken und kalt. Er bestellt mehr Kaffee, wir entspannen uns und plaudern unverfänglich über dies und das, Kategorie Wetter. Er erzählt, dass er seit einem halben Jahr in der Stadt ist. Dass er die Intendanz am Oriental Theater übernommen hat, das ist ein kleines Kieztheater, Traditionshaus, aber bisschen runtergekommen, die Kulturbehörde will, dass es wieder auf Vordermann gebracht wird. Ich weiß nicht. Das Ding ist irgendwas zwischen Boulevard und Musical. Staat kann man damit nicht machen. Ich frage mich, warum einer, der so überzeugt von sich ist, so einen Job annimmt. Finde ihn insgesamt merkwürdig. Er ist reserviert wie ein vermieteter Parkplatz, flirtet aber mit mir.

Als er seinen Mantel nimmt und geht, ahne ich, dass wir uns morgen Mittag hier wiedersehen werden.

Carla spielt an ihren Fingernägeln rum und grinst.

»Egal, was du sagen willst, spar's dir«, sage ich, und schaue ein bisschen zum Fenster raus, beobachte die Leute aus den Verlagen und Werbeagenturen, die durchs Portugiesenviertel laufen und hier ihre schmalen Mittagspausen vertrödeln. Carla bringt eine Tasse Kakao und ein Stück Kuchen an einen Tisch. Als sie zurückkommt, legt sie mir die Hand um die Schultern.

»Claudius Zandvoort«, flüstert sie.

»Hör auf«, sage ich und streiche ihr eine Haarsträhne aus dem Gesicht. Sie ist heute wieder so weich. Manchmal könnte ich mich reinlegen in sie.

»Was ist denn?«, fragt sie. »Du findest ihn doch gut, oder?«

»Geht so«, sage ich. »Ich hab was anderes im Kopf.«

»Was denn?«

»Gestern haben zwei Typen einen kleinen Zuhälter totgeschlagen, der wohl was loswerden wollte«, sage ich.

Carlas Augen bekommen einen wässrigen Glanz. Sie bekreuzigt sich und sagt: »Du solltest was essen. Ich mach dir schnell ein Käsebrot.«

Carla hat ein sensationell natürliches Verhältnis zu Leben und Tod.

Mein Telefon klingelt.

Faller.

»Wir wissen, wer sie war.«

»Wer?«, frage ich, mein Herz klopft. Carla drückt mir das Sandwich in die Hand.

»Eine Tänzerin. Deine Mädchen hatten recht. Die Kollegen haben gestern Nacht die restlichen Läden im Viertel abgeklappert, und der Barmann aus dem Acapulco hat sie auf dem Foto erkannt. Sie war noch nicht lange im Geschäft. Ihre Mitbewohnerin hat sie inzwischen identifiziert. Ich war gerade mit ihr in der Gerichtsmedizin.«

BEKANNTSCHAFTEN

Sie hat glänzende schwarze Haare und ein fein geschnittenes Gesicht, sie trägt eine zu enge braune Nadelstreifenhose, einen hellen Pullover, eine Jeansjacke mit rosa Kunstfellkragen, und sie ist maximal Ende zwanzig. Unter ihrem Pulli spannen sich riesige Silikonbrüste.

»Möchten Sie einen Kaffee?«

»Nein«, sagt sie leise, »nein, danke.«

»Chastity Riley«, sage ich, »ich bin die zuständige Staatsanwältin.

»Tatjana Schlicke.«

Ihre Angst ist schwer auszuhalten.

»Ich bin gleich wieder bei Ihnen«, sage ich und treffe den Faller am Kaffeeautomaten.

Er sieht müde aus.

»Hey«, sage ich.

»Hey.«

Es geht ihm immer ziemlich an die Nieren, wenn jemand in seinem Büro sitzt, der gerade einen Verlust erlebt.

»Sie kam aus Cottbus«, sagt er. »Hat vor einem halben Jahr ihren Job als Kassiererin verloren. Ihre Mitbewohnerin hat ihr dann die Arbeit in dem Tanzschuppen verschafft.«

»Irgendwelche Angehörigen?«, frage ich.

»Im Osten gibt es wohl noch eine Tante, zu der sie aber keinen Kontakt mehr hatte.«

»Wie alt war sie?«

»Vierundzwanzig.«

Ich halte mich am Kaffeeautomaten fest. Vierundzwanzig.

»Die Wohnung der Mädchen?«, frage ich.

»Drei Zimmer in Altona«, sagt er. »Calabretta und die KTU sind gerade auf dem Weg dahin.«

Ich trete mit dem Fuß gegen den Automaten und ziehe mir einen Kaffee.

»Wie hieß die Tote?«

»Margarete«, sagt Faller. »Margarete Sinkewicz.«

»Wir treffen uns in zehn Minuten am Auto, ja?«, sage ich, aber eigentlich meine ich: Margarete. Schöner Name. Armes Mädchen.

Der Faller nickt, abwesend.

Margarete Sinkewiczs Freundin sitzt derweil winzig klein auf ihrem Stuhl, völlig reglos. Als sie mich bemerkt, hebt sie den Kopf.

»Maggie hat niemandem etwas getan«, sagt sie.

»Ich weiß«, sage ich.

»Sie fehlt mir«, sagt sie.

Kenne ich, denke ich, und halte ihr eine Zigarette hin. Sie steckt sie sich in den Mund, ich gebe ihr Feuer.

»Ist Ihnen in letzter Zeit irgendwas an Ihrer Freundin aufgefallen?«, frage ich. »Neue Männerbekanntschaften oder so?«

»Nein«, sagt sie und zieht an ihrer Zigarette. »Da war nichts. Da war nie was. Wir sind nicht so. Wir tanzen den Typen vielleicht vor dem Gesicht rum, aber wir vögeln nicht durch die Gegend. Und Maggie schon gar nicht. Die hat sich nie mit irgendwem getroffen. Sie hatte seit Ewigkeiten keine Verabredung mehr.«

»Okay«, sage ich, »wir werden uns jetzt ein bisschen in Ihrer Wohnung umsehen. Einer der Kollegen wird Sie dann später nach Hause fahren, Sie müssten vorher aber noch ein paar Fragen beantworten.«

Sie nickt, raucht. Ich gebe ihr meine Karte.

»Rufen Sie mich an, wenn was ist«, sage ich.

Sie starrt auf die Karte.

»Und wann immer Sie wollen, ja?«

»Sie haben einen merkwürdigen Namen«, sagt sie.

»Mein Vater war Amerikaner.«

Sie lächelt mich an, als könne sie geradewegs in mich reinschauen und als wolle sie sagen: Außenseiter wie wir müssen zusammenhalten. Ich lächle unbeholfen zurück.

KISSEN, AUF EINE NETTE ART ZERWÜHLT

Die Wohnung der Mädchen liegt im Erdgeschoss eines dieser niedrigen, süßen Häuser in einer dieser klassischen kleinen Altonastraßen. Wahnsinnig nett und gemütlich, aber ich schätze, mir würde es tierisch auf den Sack gehen. Die Bude sieht aus, als würden hier zwei Studentinnen wohnen, harmlos wie ein Keks, und nichts deutet darauf hin, dass ihre Bewohnerinnen ihr Geld mit Anmachtanz verdienen. Die Möbel sind eine Mischung aus Ikea und buntem Trödel, in den Türrahmen hängen Glasperlenvorhänge und Stoffblumenketten, die Fenster zur Straße sind windschief und mit Supermarktorchideen vollgestellt. Ich gehe zum Wohnzimmerfenster und schiebe ein paar Blüten zur Seite. Draußen scheint die Sonne.

Der Faller drückt sich im Flur rum.

»Gibt's hier was Besonderes?«, frage ich.

Er deutet auf die Fußleiste. Da stehen ungefähr vierzig Paar sehr hochhackige Schuhe, ein richtiges Bataillon Fickstelzen.

»Das ist nichts Besonderes, Faller.«

»Nicht? Ich finde, dass das ganz schön viele Schuhe sind.«

»Vierzig Paar Schuhe für zwei junge Frauen, die ihr Geld mit Tanzen verdienen«, sage ich. »Finde ich vollkommen normal.«

»Wie viele Paar Schuhe haben Sie denn, Chas?«

»Drei.«

Er zieht die linke Augenbraue hoch.

Ich auch.

Der Calabretta ist mit der KTU im Schlafzimmer, ich sage mal Hallo.

Er ist fast einen Kopf kleiner als ich, er ist unrasiert und steht breitbeinig wie ein Gangster in der Gegend herum. Seine Eltern stammen aus der Gegend um Neapel, sie sind in den sechziger Jahren nach Hamburg gekommen. Manchmal, wenn ich ihn so anschaue, frage ich mich, was aus ihm geworden wäre, wenn er nicht in Altona aufgewachsen wäre. Und manchmal denke ich dann, dass er heute vielleicht auf der anderen Seite stehen würde.

»Hey, Chef«, sagt er. »Lange nicht gesehen.«

»Stimmt«, sage ich. »Waren Sie im Urlaub?«

»Ich war bei meiner Familie in Kampanien.«

»Schön«, sage ich. Familie. »Wie geht's eigentlich Ihrer Mutter?«

»Ach, na ja«, sagt er. »Sie hat ständig irgendwelche Schmerzen in der Brust. Der Arzt sagt, da ist nicht wirklich was. Sie sagt, es käme daher, dass mein Vater immer anderen Frauen hinterherschaut. Mein Vater sagt, da sei nie was gewesen, und überhaupt, in seinem Alter, sagt er, was soll das denn, und ich glaube ihm auch, aber sorry, ey, ich will Sie nicht vollsabbeln ...«

Er streicht sich mit den Händen die Haare nach hinten und beißt sich auf die Lippen. Der Calabretta liebt seine Mutter mit einer Heftigkeit, wie das nur ein Italiener kann.

Ich beneide ihn.

Die Mädchen haben sich offensichtlich ein Bett geteilt, denn es gibt nur eins. Das Bett ist nicht gemacht, und die Kissen sind auf eine nette Art zerwühlt. Die KTU filzt gerade die Nachttischschubladen.

»Gehen Sie ein bisschen vorsichtig vor, ja?«, sage ich. »Hier wohnt noch jemand.«

Allgemeines Gebrumme. Auf dem Nachttisch liegt ein Zettel, auf den eine Telefonnummer gekritzelt ist.

»Kann ich den mitnehmen?«, frage ich und zeige mit dem Finger drauf.

Kollektives Nicken. Ich verabschiede mich vom Calabretta, nehme den Zettel, drücke ihn dem Faller in die Hand und vergesse ihn.

GLEICH LANDEN WIR IM FLUSS

Faller und ich sitzen in seinem Dienstwagen. Ich rauche, er sucht im Radio nach Italopop. Ich weiß, dass er danach sucht, er sucht das immer, er hört es einfach so gerne. Er findet Umberto Tozzi und freut sich, mein Telefon klingelt.

»Ja?«

»Guten Tag, Patschinski hier.«

Ach, Gottchen. Die Lokalpresse.

»Tag, Herr Patschinski«, sage ich.

»Ich hab gehört, es gibt Neuigkeiten zu der toten Nutte im Hafen.«

Wie respektvoll der wieder über Frauen redet, wow. Wenigstens hört er sich an, als hätte er einen schlimmen Schnupfen.

»Sie war keine Prostituierte«, sage ich.

»Und was ist mit dem Typen, aus dem Hackfleisch gemacht wurde? Der war aber aus dem Gewerbe, oder?«

Ich halte kurz die Luft an und reiße mich zusammen.

»Siebzehn Uhr«, sage ich, »Pressekonferenz im Polizeipräsidium.«

»Bisschen spät für uns«, sagt er.

»Hören Sie auf zu nölen, Patschinski. Sie haben doch eine Spätausgabe.«

Er antwortet nicht. Er zündet sich eine Zigarette an.

»Und rauchen Sie nicht so viel«, sage ich. »Gehen Sie lieber ins Bett, Sie sind krank.«

»Ich bin nicht krank«, sagt er, »ich hab Heuschnupfen, und rauchen lindert die Symptome.«

Ich lege auf.

Faller fummelt eine Roth-Händle aus seiner Hosentasche und steckt sie sich in den Mund.

»Sehen Sie die Sonne, Faller?«, frage ich.

Er nickt.

»Gehen wir eine Runde spazieren?«

Er nickt nochmal.

»Elbe?«

»Wo wir schon mal hier sind«, sage ich.

Faller grinst. Wir sind ja eigentlich immer an der Elbe. Er fährt ein Stück, nimmt die Kurve rechts runter zum Hafen mit Eleganz, und dann steigen wir aus und streichen uns gleichzeitig die Mäntel glatt. Was für komische Schnittmengen wir haben.

Ich gehe ums Auto rum und hake mich bei ihm unter, dann laufen wir über das Kopfsteinpflaster in Richtung Wasser, hier ein Fährterminal, da ein Fischgroßhändler, schon wieder ein Sushi-Restaurant. Wir marschieren in strammem Tempo aufs Ufer zu, Faller hat einen Affenzahn drauf, ich bin dauernd kurz davor zu stolpern.

»Gleich landen wir im Fluss.«

Er bleibt abrupt stehen, schließt die Augen, schiebt seinen Hut nach hinten und lässt sich die Sonne ins Gesicht scheinen. Wir sind ganz dicht am Wasser. Nur noch ein niedriges Geländer trennt uns von der Elbe.

»Faller«, sage ich, »wir müssen über den Basso reden.«

Keine Antwort.

»Sie wissen schon«, sage ich, »der kleine Lude, gestern, in Hammerbrook.«

»Ich will nicht«, sagt er.

»Warum nicht?«, frage ich.

»Keinen Bock.«

Ich schaue ihn von der Seite an. Er reagiert nicht, macht weiter auf Sonnenanbeter. Viel Spaß im Rentnerparadies, denke ich, und will gerade was sagen, will ihm erklären, dass es unsere verdammte Aufgabe ist, über den Basso zu reden, aber dann kriegt mich ein Sonnenstrahl zu fassen, trifft mich mitten auf die Stirn, und mir wird klar, dass mein alter Kollege recht hat. Dass es im Augenblick nichts gibt, was wichtiger wäre, als einfach mal in Ruhe in die Sonne zu schauen.

Der Faller wieder. Bombentyp einfach.

DIE GROSSE VERSCHMIERUNG

Auf dem Präsidium sind alle am Durchdrehen wegen Terroralarm. Es hat einer angerufen und gesagt, dass er eine U-Bahn in die Luft sprengen will. Jetzt fahren erstmal nur noch Busse, und es gibt Verdächtigenüberprüfung am Fließband. Bei der Bereitschaftspolizei rücken Hundertschaften aus, es werden Einsatzkommandos gebildet, wir machen eine Großrazzia. Ich weiß, dass das natürlich Vorschrift ist, aber am Ende wird es nur wieder irgendein Typ gewesen sein, der sich gelangweilt hat und zufällig an einer Telefonzelle vorbeigekommen ist. Manchmal bin ich doch froh, dass ich außer Schiffen keine öffentlichen Verkehrsmittel benutze, sondern immer zu Fuß gehe oder mich von Klatsche oder dem Faller mitnehmen lasse.

Ich stehe ein bisschen verloren in der Gegend herum und weiß nicht so recht, wohin mit mir. Ich habe das Gefühl zu stören, mit den beiden Toten in meinem Kopf, als wäre ich ein störendes Mahnmal für zwei kleine Leute aus dem Rotlichtmilieu, und vielleicht bin ich das auch.

Da hinten kommt der Faller, mit verschmitzter, aber bedeutungsvoller Miene.

»Eisen-Siggi«, sagt er.

»Was?«

Ich verstehe nicht, was er von mir will.

»Eisen-Siggi«, sagt er nochmal.

»Wie kommen Sie denn plötzlich auf den? Der ist doch längst im verdienten Ruhestand.«

»Ist er wohl doch nicht«, sagt Faller. »Ich habe gerade mit ihm telefoniert.«

Ich verstehe immer noch nicht.

»Die Telefonnummer, die wir vorhin aus der Wohnung mitgenommen haben«, sagt er. »Erinnern Sie sich an den Zettel, den Sie mir zugesteckt haben?«

»Ja, ich erinnere mich«, sage ich. »Und?«

»Ich hab da angerufen, und am anderen Ende der Leitung war Siggi. Er sagt, er hätte den Namen Margarete Sinkewicz noch nie gehört. Aber das glaubt ihm natürlich kein Mensch. Ich werde mir den gleich nochmal persönlich zur Brust nehmen.«

»Sie fahren da jetzt direkt hin?«, frage ich.

»Aber hallo«, sagt er. »Ich wette, der wartet schon auf mich.«

Er scheint sich richtig zu freuen, seinen alten Bekannten wieder zu treffen. Eisen-Siggi, mit bürgerlichem Namen Siegfried Eisele. Kam Anfang der Sechziger aus Süddeutschland auf den Kiez, als das, was man damals einen talentierten jungen Mann nannte: Siggi hat für einen Fünfer alles erledigt, was so zu erledigen war. Und dann fing er das Boxen an. Sein rechter Haken wurde schnell dermaßen gefährlich, dass ihm der Beiname »Eisen« verliehen wurde, und die Fünf-Mark-Jobs mussten bald andere erledigen. Nach drei Jahren gehörte ihm ein gut gehendes Bordell gleich hinterm Hans-Albers-Platz, der Schuppen war für Kiezverhältnisse richtig nobel, das diskrete Ambiente zog mehr die zahlungskräftige Hamburger Gesellschaft als die Touristen an. Und er war der Chef von locker zwanzig Jungs, die sich für ihn die Hände schmutzig machten, egal, worum es ging, denn er bezahlte sie sehr gut und gab ihnen immer das Gefühl, dass jeder von ihnen eines Tages sein Erbe übernehmen könnte.

Das hat dann aber nicht hingehauen. Ende der Achtziger ging der Laden hoch, da wurde irgendwann so offensiv gekokst, das war wirklich nicht mehr schön, das konnte man einfach nicht mehr mit ansehen, bei aller Liebe zum Milieu. Es gab ein ziemliches Buhei in der feinen Kundenriege, so einige haben damals ihre Ämter verloren. Eisen-Siggi ging für fast zehn Jahre in den Bau, wegen Zuhälterei, gefährlicher Körperverletzung, Erpressung und organisierter Kriminalität. Viele seiner Jungs gingen mit. Der Faller behauptet, Siggi Eisele hätte Legionen von Männern zu Brei schlagen lassen, aber umgebracht hätte er nie einen.

Ich bin mir da nicht ganz so sicher.

Nachdem Siggi seine Zeit abgesessen hatte, war es ruhig geworden um ihn. Er mietete sich eine nette kleine Wohnung in den Alstervororten, lebte von seiner privaten Altersvorsorge und fiel nicht weiter auf. Dachten wir so.

Ich glaub's nicht, echt. Eisen-Siggi. Der spinnt wohl.

»Was ist mit Ihnen?«, fragt der Faller. »Kommen Sie mit?«

»Ich geh heute zur Abwechslung mal früh ins Bett«, sage ich, »mein Blutdruck ist im Keller. Was ist mit der Pressekonferenz?«

»Übernimmt unser Medienchef«, sagt er. »Ich hab ja zu tun.«

Ich sehe ihm hinterher. Er humpelt ein bisschen, und weil ich weiß, dass ihn manchmal seine Hüfte zwickt, und weil ich es ganz schlecht ertragen kann, wenn er Schmerzen hat, sollte mir das eigentlich einen Stich versetzen, aber weil da nicht nur ein Humpeln ist, sondern er auch diese lustige kleine Melodie pfeift, muss ich grinsen. Irgendetwas scheint ihn nochmal hellwach gemacht zu haben.

Mein Telefon klingelt.

Carla.

»Hey«, sage ich.

Sie weint.

»Was ist denn los?«, frage ich.

Bitte keine Probleme mehr heute.

»Warte, ich geh mal eben vor die Tür, ja?«

Schluchzen. Draußen dämmert es.

»Geht's um Fernando?«

Ihr Weinen wird noch heftiger, ich werte das als Zustimmung.

»Wo bist du?«, frage ich.

Tränen.

»Im Café?«

Nichts.

»Vor meiner Haustür?«

»Ja.«

Ganz klein kommt das. Carla steht zu jeder Tages- und Nachtzeit vor meiner Tür, wenn es ihr schlecht geht, unabhängig davon, ob ich eventuell zu Hause sein könnte oder nicht.

»Dann rühr dich nicht weg. Ich bin in fünf Minuten da, ja?«

»Ja.«

»Bis gleich«, sage ich.

»Leg nicht auf«, sagt sie, erstickt.

»Okay«, sage ich, »aber je weniger ich rede, desto schneller kann ich laufen.«

»Okay«, sagt sie.

»Dann lauf ich jetzt mal los, und du bleibst einfach bei mir, ja?«

»Mhm«, sagt sie und gibt keinen Mucks mehr von sich,

sie macht das sehr anständig, sie versucht sogar, ihr Weinen zu unterdrücken, während ich so schnell ich kann über Kreuzungen und Straßen renne.

Ich will sie nicht eine Minute länger als nötig alleine lassen.

Die vorsichtige Frühlingssonne ist noch nicht ganz weg, ein bisschen Licht gibt es noch, und schon kann ich Carla vor meinem Haus stehen sehen. Sie hat einen viel zu großen grauen Mantel an, ich wette, sie hat nur ein dünnes Fähnchen drunter. Ihre langen dunklen Locken sind offen und wirr, ihre Schultern hängen. Sie hat ihr Telefon am Ohr und kann mich vermutlich atmen hören.

Jetzt hebt sie ihren Kopf und sieht mich an.

Ihre Augen sind komplett ohne Glanz, das kenne ich von ihr gar nicht, und ihre Wimperntusche hat sich über ihre Wangen ergossen. Da ist alles schwarz, und deshalb dauert es einen Moment, bis ich den blau schimmernden Fleck um ihr linkes Auge sehe. Ich fasse es nicht. Fernando, dieses Arschloch.

Als ich endlich bei ihr bin, bin ich so außer Atem, dass ich nicht sprechen kann. Wir schauen uns an und haben immer noch die Telefone am Ohr. Ihr schießen schon wieder die Tränen aus den Augen. Ich nehme ihr das Telefon ab und klappe es zu, dann klappe ich meines zu und nehme sie in den Arm. Sie zittert.

»Er hat dich geschlagen«, sage ich.

Sie schüttelt den Kopf.

»Jetzt erzähl mir nicht, du wärst gegen die Heizung gefallen.«

»Nein«, sagt sie, macht sich von mir los. »Nein, ja, also, nein, so war das nicht.« Sie wischt sich mit dem Mantelärmel übers Gesicht. Jetzt richtig große Verschmierung.

»Können wir uns bitte erstmal volllaufen lassen?«, fragt sie.

»Von mir aus«, sage ich.

Von mir aus immer.

GUT VERSTECKTE SCHÖNHEIT

Wir sind die ersten Gäste, und so können wir uns in aller Ruhe um Carlas Gesicht kümmern. Sie ist ohne alles aus ihrem Café gelaufen, hat nur ihr Telefon und nicht mal einen Schlüssel dabei, aber ihr Stammgast, der immer da ist und dem sie auch den Mantel geklaut hat, wird das schon regeln. Er kennt sich aus und könnte den Laden zur Not alleine schmeißen. Und er weiß, dass Carla hin und wieder austickt.

Vermutlich ist er heimlich in sie verliebt.

Sie sitzt in ihrem durchsichtigen Kleid vor mir, ihre nackten Füße stecken in zierlichen Stilettos, der Mantel liegt um ihre Schultern. Sie zittert nicht mehr. Die Bar ist klein und in weiches, gelbes Licht getaucht. Vom Tresen aus kann man den ganzen Abend auf einen eher unspektakulären Platz schauen, der aber eine gut versteckte Schönheit hat, die sich erst erschließt, wenn man ihn ein paar Wochen angestarrt hat. Ich habe schon ganze Nächte damit verbracht, einfach nur den Platz anzusehen. Ich kenne ihn in- und auswendig, im Frühling, im Sommer, im Herbst und im Winter. Seine Schönheit ist unbeschreiblich. Es ist etwas Emotionales. Er scheint die Menschen, die ihn überqueren zu achten und zu lieben, er scheint auf sie aufzupassen und ihnen hinterherzusehen, er scheint einfach ein großes Herz zu haben.

Vielleicht muss man es erlebt haben.

Doch das Beste an der Bar ist definitiv der Barmann. Er hat nordindische Wurzeln, spricht aber mit einem schwäbischen Akzent, und im Zweitberuf ist er Fahrradkurier. Er mixt scharfe kleine Cocktails in Schnapsgläsern und er redet nur, wenn er etwas Wichtiges zu sagen hat. Die Theke, hinter der er steht, ist so klein, dass er sich immer mit dem DJ um das bisschen Platz keilen muss. Sie drücken sich ständig auf eine nett anzusehende Art aneinander vorbei.

Ich bestelle zwei doppelte Wodka und eine nasse Serviette. Carla kippt ihren Wodka und bestellt sofort einen zweiten, während ich vorsichtig ihr Gesicht abtupfe. Sie zuckt ein bisschen, als ich an dem blauen Auge ankomme, aber insgesamt kriegen wir sie ganz okay wieder hergestellt.

»So«, sage ich und kippe meinen Wodka. »Erzähl.«

»Also«, sagt sie. »Ich habe ihn heute Mittag gesehen, von Weitem, er ist die Straße langgelaufen, da war ich gerade auf dem Weg zurück vom Großmarkt. Er hatte eine Frau dabei, er hatte sie im Arm. Ich dachte, na ja, wer weiß, wer das ist, eine Cousine vielleicht, ich Vollidiot. Aber dann hat die Frau sich zur Seite gedreht, und da hab ich ihren Bauch gesehen. Die war schwanger. Schwanger, verstehst du? Ich dachte, ich spinne.«

Ich hole Luft und überlege, ob ich was sagen sollte, aber Carla redet schon weiter: »Ich wollte cool bleiben und nicht gleich durchdrehen und ganz in Ruhe abwarten, was passiert, vielleicht klärt sich ja alles auf, dachte ich, aber dann ist er vorhin im Café aufgetaucht, als wäre nichts, hat mich auf den Hals geküsst, und da hab ich ihn gefragt, was das soll und wer diese Frau ist, und da sagt er doch glatt, das täte ihm jetzt leid, er hätte mir das eigentlich schonend beibringen wollen, SCHONEND, hat er gesagt, aber das sei seine Verlobte gewesen. Verlobte, verstehst du? VERLOBTE!«

Sie kippt ihren zweiten doppelten Wodka und bestellt einen dritten.

»Oh, wow«, sage ich.

»Dieses verdammte Arschloch. Die Frau ist im sechsten Monat. In den letzten sechs Monaten haben wir uns dreimal getrennt und sind wieder zusammengekommen. Ich bin dann ausgerastet und hab ihm eine geballert.«

»Eine Ohrfeige?«, frage ich.

»Nein«, sagt sie und nimmt einen großen Schluck. »Rechte Gerade ans Kinn.«

Ach du meine Scheiße. Carla hat Bärenkräfte in den Armen, das kommt vom Getränkekisten schleppen. Ich schätze mal, Fernando ist vor versammelter Mannschaft zu Boden gegangen, und das wird ihm sehr peinlich gewesen sein.

»Du hast ihn umgehauen?«

Sie nickt.

»Und dann hat er zurückgeschlagen«, sage ich.

Sie nickt nochmal und sieht für einen Augenblick eigentlich ganz zufrieden aus.

»Und jetzt?«, frage ich.

»Arsch lecken«, sagt sie, »aber für immer.« Sie kippt ihren dritten Wodka, stellt das Glas auf die Theke, dann fängt ihre Oberlippe an zu zittern, oh oh, gleich weint sie wieder. Ich bestelle schnell Getränke nach und trinke. Carla trinkt in doppelt so hoher Schlagzahl wie ich, und das will schon was heißen. Außerdem rauchen wir wie die Teufel. In der Kneipe wird so langsam die Musik lauter, das Licht wird dunkler, der Nebel wird dichter.

»Was ist denn hier los?«

Klatsche steht viel zu plötzlich hinter uns, eigentlich mehr zwischen uns, er hat uns beiden die Hände auf die

Schultern gelegt. Carla versucht ihn anzuschauen, das geht aber nicht mehr so gut, ihr rutschen dauernd die Augen weg.

»Wir haben ... was zu ... feiern«, sagt sie.

»Das muss ja was ganz Besonderes sein«, sagt er.

»Exakt«, sagt sie. »Fernando ist ein ... blödes Arschloch ... endgültig.«

Klatsche verzieht das Gesicht, bestellt ein Bier, und deutet mit den Händen an, dass er sich dann gleich mal in eine andere Ecke der Theke verdrücken wird. Ich nicke. Aber als sein Bier kommt, kann Carla nicht mehr. Sie rutscht von ihrem Hocker, direkt in Klatsches Arme. Das sieht sehr lustig aus, wie er da steht, in der einen Hand ein Bier, in der anderen Carla.

»Äh, ja«, sagt er.

Ich muss lachen und dann fällt mir die Zigarette aus der Hand.

»So, ihr Hühner«, sagt er, »passt mal auf. Der Onkel Klatsche wird die Carla jetzt schnell nach Hause tragen und sie ins Bett bringen, und die Tante Chas bleibt solange hier, trinkt zwischendurch mal ein Glas Wasser und gibt gut auf das Bier acht.«

»Carla hat keinen Schlüssel dabei«, sage ich.

»Dann leg ich sie eben in mein Bett«, sagt er.

»Spitzenplan«, sage ich und denke: Dann kannst du ja bei mir schlafen, haha.

Klatsche bestellt ein Wasser für mich und wirft sich Carla über die linke Schulter. Er wirft sie sich tatsächlich über die Schulter. Ich schaue ihm hinterher. Mann, hab ich den gern. Ich trinke ein bisschen was von meinem Wasser, fange an zu warten, bis er zurückkommt, und kritzele auf dem Bierdeckel rum, der direkt vor meiner Nase liegt.

HINTER DEN WOLKEN ZIEHEN DIE STERNE IHR DING DURCH

»Zandvoort?«

Klatsche.

Ich hab ihn gar nicht reinkommen sehen.

»Wer ist das?«

»Niemand«, sage ich und streiche den Namen durch.

Klatsche setzt sich neben mich an die Theke. Er stürzt sein Bier runter, das da immer noch ordnungsgemäß steht, ich bestelle zwei neue.

»Mit Carla alles in Ordnung?«

»Die liegt in meinem Bett«, sagt er. »Sie ist so voll, dass sie mindestens bis morgen Mittag schläft. Wem gehört der Mantel, den sie da anhat?«

»Ach«, sage ich, »vergiss es.«

Der Barkeeper stellt uns unsere Biere hin.

»Klatsche«, sage ich, »erinnerst du dich noch an Eisen-Siggi?«

»Klar«, sagt er. »Kiezgröße!« Seine Augen glänzen ein bisschen. »Leider in Rente, der alte Mann.«

»Könntest du dir vorstellen, dass so einer wie der wieder rauskommt aus seinem Rentnerdasein?«

»Jederzeit«, sagt er. »Wenn's nur irgendwie interessant ist. Warum?«

»Nur so«, sage ich.

Er starrt mich von der Seite an. Vielleicht sollte ich es Carla nachmachen und mir einfach die Lichter auspusten. Klatsche rutscht näher an mich ran, hält aber demonstrativ den Mund. Internationale Trinkervereinbarung: an der Theke nicht reden, wenn es nicht unbedingt sein muss, dafür aber dicht beieinandersitzen. Das geht nicht mit jedem. Mit Klatsche geht das sehr gut. Wir hätten beide genug auf dem Herzen, um bis in die Dämmerung zu reden, da ist die Sache mit dem Basso gestern, da ist die Sache mit uns, da ist das Leben überhaupt, aber manchmal hilft reden ja auch nicht weiter. Klatsche trinkt sein Bier aus, ich trinke meins und nicke, er bestellt nach, und während uns der Barmann die Bierflaschen hinstellt, rutsche ich auch ein bisschen näher ran, eine Sekunde später kommt die Schnapsbar runter.

Die obere Glasplatte bricht einfach so in sich zusammen, nimmt noch zwei weitere Platten mit. Und vierzig Spirituosenflaschen. Bämm. Als wäre eine Bombe hochgegangen.

Dann ist es ganz still.

Die Erschütterung hat die Nadel vom Plattenteller springen lassen.

»Verdammte Scheiße«, sagt der Barmann, sehr laut und sehr scharf, aber nur ein Mal. Er verschwindet in einem Kabuff neben den Toiletten, holt einen Besen und fängt an, die Scherben zusammenzukehren.

Der Rest der Bar sieht aus, als hätte einer den Film angehalten. Keiner bewegt sich. Das kostet jetzt richtig Geld, was da gerade passiert ist, das ist allen klar. Das war der Umsatz eines guten Samstagabends, der ist futsch, und alles nur, weil das Material müde geworden ist.

So ist das manchmal.

Der Typ, der neben Klatsche mit dem Kopf auf der Theke eingeschlafen war, wacht auf und fängt ganz sachte an, sich zu rühren.

»Mann«, sagt er, während alle immer noch die Luft anhalten, »Mann, hier stinkt's ja wie in der Kneipe.«

Jetzt fängt sich der DJ langsam, legt eine neue Platte auf, die Leute trauen sich wieder was und bewegen sich ein kleines bisschen, reden leise vor sich hin und trinken weiter. Der Barmann lächelt vorsichtig.

Ich schaue zu Klatsche rüber. Der versucht sich das Lachen zu verbeißen und platzt gleich. Ich stehe auf und lege Geld auf den Tresen.

»Komm, Baby«, sage ich, »wir gehen.«

»Nenn mich nicht Baby«, sagt Klatsche und grinst.

Ich nehme seine Hand, der Himmel weiß, warum. Wir gehen raus, die Straße ist nass, es hat schon wieder angefangen zu regnen. Irgendwo hinter den Wolken ziehen die Sterne ihr Ding durch, und ich weiß: Dieses schmutzige kleine Stadtviertel mit seinem kaputten Kopfsteinpflaster, seinen dunklen Häusern, seinen funzelnden Lichterketten, seinem Charme, seinem Kummer, seinen nicht wichtigen, aber liebenswerten Geschichten, seinem ewigen Nieselregen, das ist mein Ort. Aber ich weiß auch, dass ich nicht versuchen sollte, die Dinge festzuhalten, denn am Ende gehen sie ja doch immer verloren.

Zu Hause schließt Klatsche unsere Haustür auf, wir gehen die Stufen hoch, halten uns immer noch an den Händen, die alte Holztreppe knarrt unter unseren Füßen, bis zum dritten Stock halten wir uns fest, vor unseren Wohnungen bleiben wir stehen. Meine Wohnung ist links, seine rechts. Wie sich eine Hand anfühlt, wenn man sie einfach nur hält. Und kurz vergisst, was alles dranhängt. Es ist dunkel im Treppenhaus, das Licht ist ja kaputt. Ich kann sein Gesicht nicht sehen, aber ich kann es fühlen, so nah ist ist er bei mir. Seine Wangen sind nass vom Regen.

Meine betrunkene Freundin besetzt sein Bett, und er hat nicht mal eine Couch. Ich sollte ihn mit zu mir nehmen, schon aus Freundschaft. Wenn ich ihn nicht mit zu mir nehme, muss er heute Nacht auf dem Fußboden schlafen. Wir stehen in diesem bekackten Treppenhaus, Gesicht an Gesicht.

»Klatsche«, sage ich.

»Ja?«

»Wie heißt du?«

»Kann mich nicht erinnern«, sagt er.

»Bitte«, sage ich. »Ich will endlich wissen, wie du heißt.«

Ich muss das jetzt wissen. Ich will es festhalten, ich werde es mir aufschreiben, und dann verstecke ich den Zettel in der untersten Schublade und vergesse ihn. Dann ist es, als wäre nichts gewesen, aber ich weiß: da war was.

Sein Gesicht kommt noch näher, seine Lippen sind irgendwo zwischen meinem Nacken und meinem Haar, es ist nicht leicht auszuhalten.

»Henri«, sagt er.

»Henri?«, sage ich.

»Korrekt.«

Okay, Henri. Dann wollen wir doch mal sehen, was wir damit heute Nacht noch anfangen.

So jung so jung
soll man doch nicht
draußen rumlaufen
ohne Schutz
das soll man nicht
hab ich ihr nicht gesagt
wer bin ich denn
aber gesehen hab ich das
und ich hab ihr geholfen
und ich glaube
sie wollte ans Meer
und dann hab ich noch
eine Weile bei ihr gesessen
und hab ihr erzählt
wie das war bei mir
als ich so erschrocken bin
an dem Tag
und sie hat mir zugehört

LAUFEN IST GAR NICHT MAL SO OHNE

Auf meinem Kopf parkt ein Panzer. Etwas Großes, Schweres aus Metall, und das Ding klingelt wie verrückt, und es muss schon eine Weile gehen, denn Klatsche haut mit der flachen Hand in die Richtung, aus der das Klingeln kommt, er haut gerade so eben an meinem Kopf vorbei.

Klatsche?

Oh nein.

Das ist nicht gut.

Das ist gar nicht gut.

Der sollte nicht neben mir liegen. Schon gar nicht ohne Klamotten.

Ich kriege mit der einen Hand das klingelnde Monster zu fassen, ach – das ist ja mein Telefon. Ich mache die Augen auf, es ist hell, sehr hell, viel zu hell, ich schnappe mir eine Decke, wickle mich ein und schaffe es zum Fenster, saukalt ist das hier, wer hat denn das große Fenster aufgemacht, und wo kommt das eigentlich her? War das schon immer da?

Klatsche knurrt irgendwas und dreht sich um.

»Hallo?«

»Calabretta hier.«

»Wie spät ist es?«

»Kurz vor neun, Chef.«

»Hab ich Dienst?«

»Sie sagen doch, dass Sie immer Dienst haben.«

Mein Herz hämmert, mein Kopf scheppert. Ich versuche meine Augen in den Griff zu kriegen.

»Was ist passiert?«

»Wir haben die nächste Leiche.«

Mir wird schwindelig.

»Perücke?«

»Perücke.«

Ich muss mich an der Wand festhalten.

»Wo?«

»Hafen«, sagt er, »zwischen der Fischauktionshalle und dem großen Möbelhaus. Hinter einem von diesen schicken Restaurants, dem Riviera.«

»Ich bin in fünfzehn Minuten da.«

Ich lege auf, ziehe mir die Decke um die Schultern und werfe einen Blick auf Klatsche. Er liegt auf dem Bauch, den linken Arm neben sich ausgestreckt. Ich kann sehen, wie er atmet, ich kann seinen tiefen Schlaf sehen. Wie gerne würde ich mich wieder zu ihm legen, die Zeit ein paar Stunden zurückdrehen und dann anhalten und Schluss.

Heilige Scheiße.

Ich mache einen großen Bogen ums Bett, schleiche mich ins Bad, putze mir die Zähne, vermeide den Blick in den harten Spiegel und bin draußen. Die Sonne heuchelt schönes Wetter, aber eher kraftlos, sie schafft es nicht, Farbe in den frühen Kiez zu pumpen. Die Häuserzeilen in unserem Viertel: so grau wie mein Gesicht. In den Ecken hängen ein paar verlorengegangene Leute, die Nacht hat sie erst verschluckt und dann wieder ausgespuckt, und jetzt scheinen sie vergessen zu haben, was sie wollten und wo sie hingehören.

Der Asphalt unter meinen Stiefeln schickt kleine Stöße durch meine Knie bis in meinen Kopf. Laufen, eigentlich gar nicht so ohne. Ich winke mir ein Taxi ran und lasse mich zum Riviera fahren, draußen auf den Straßen zieht meine Welt am Freitagmorgen vorbei, die irgendwie schon mal lebendiger war.

Das Riviera liegt in einer der vermutlich teuersten Gegenden des Elbufers. Hier ist Hamburg hanseatisch, schick, urban, keinen Kilometer von der Reeperbahn entfernt. Bevor ich aus dem Taxi steige, atme ich einmal tief ein und wieder aus, knote meine Haare zusammen und versuche mich so gut es geht fit für den Anblick einer toten Frau zu machen.

RIVIERA

Alles wirkt wie unter einer Glocke, die hohen Backsteinbauten, die Docks gegenüber, die Elbe, die reglos dazwischenliegt, die Möwen, die in der Luft schweben und sich kaum zu bewegen scheinen. Als wäre das alles nur eine Kulisse, der erste Blick auf eine böse Geschichte, die hier ihren Anfang nimmt.

Ich sehe den Faller schon von Weitem. Knittermantel, schiefer Hut, hängende Arme. Er sieht kaputt aus. Sagt natürlich genau die Richtige. Die Jungs vom Bestattungsinstitut lehnen an ihrem Leichenwagen, grüßen diskret und wollen lieber nicht auffallen. Ich habe das Gefühl, in Zeitlupe an ihnen vorbeizuschleichen, und überhaupt: als wäre ich gar nicht da. Als wäre ich eine von den Möwen am Himmel. Ich kann Klatsches Hand noch auf meiner Hüfte spüren und schiebe sie weg.

»Moin«, sagt ein uniformierter Beamter und hebt den Zeigefinger zur Mütze.

Er ist jung und etwas blass um die Nase. Wäre ich in besserer Verfassung, würde ich ihn anlächeln, ihm meine Hand auf die Schulter legen und ihm sagen, dass nicht alles in diesem Job so schlimm ist wie das hier heute Morgen, und dass sogar ich manchmal ganz akzeptabel aussehe. Aber in so einer Verfassung bin ich nicht mal ansatzweise. Ich nicke ihm nur kurz zu.

Der Faller dreht sich um.

Er hört immer, wer hinter ihm ist, er erkennt die Menschen am Schritt. Da sind ein paar tiefe Furchen um seinen

Mund, sein Gesicht zeigt ein beeindruckendes Grau, und als hinter ihm die Tote sichtbar wird, verstehe ich sofort, warum. Irgendwie hatte ich die naive Hoffnung, dass es sich vielleicht doch um eine Drogentote handeln würde, und dass die Kollegen da was verwechselt haben. Aber es ist so, wie es in Fallers Gesicht geschrieben steht: Unser Mörder geht in Serie, nach allen Regeln dieser hässlichen Kunst. Es wird schlimm.

Das Mädchen sitzt auf einem Regiestuhl, der Stuhl lehnt an der Rückseite des Riviera, das arrogant in den Himmel ragt, die Mädchenaugen sind offen und blicken aufs Wasser. Sie ist jünger als Margarete Sinkewicz, sie ist ziemlich klein und sehr dünn, sie ist höchstens 19, hat aber den Körper einer 14jährigen, durchscheinende Haut ohne jede Körperbehaarung. Und dann ... na ja. Die Perücke ist diesmal platinblond, Hollywoodlocken, schulterlang. Auf der Stirn des Mädchens klebt getrocknetes Blut. Alle Anwesenden wissen, was sich unter dieser Perücke verbirgt, aber keiner spricht darüber. Überhaupt würde es mich nicht wundern, wenn alle ihre Sprache verloren hätten.

Ich kann es nicht zurückhalten, es geht zu schnell.

»Tschuldigung«, sage ich, halte mich am Faller fest und übergebe mich hinter seinem Rücken aufs Pflaster. Na prima.

Frau Staatsanwältin ist in Bestform und kotzt erstmal den Tatort voll.

»Morgen, Chef«, sagt der Faller.

Ich wische mir den Mund ab und suche die Reste meines Gesichts zusammen.

»Entschuldigung«, sage ich nochmal.

»Schon okay«, sagt der Faller, »ist mir auch schon passiert.«

Ich versuche mich an einem Lächeln.

»Wer hat sie gefunden?«

Der Faller zeigt mit dem Kopf nach rechts. Da steht ein alter Mann mit einer Angel in der Hand und weint.

»Der Calabretta ist gerade los, Kaffee holen«, sagt der Faller. »Soll ich ihn anrufen und fragen, ob er noch einen mitbringen kann?«

Ich versuche es nochmal mit einem Lächeln, schüttele den Kopf, drücke Fallers Unterarm und gehe zu dem alten Mann rüber. Dabei muss ich an dem toten Mädchen vorbei. Je näher man ihr kommt, desto zierlicher wird sie. Ihre Haut sieht aus wie eine dünne Schicht Schnee. Es ist zynisch, aber vielleicht ist das, was ihren Anblick noch trauriger macht als den der silikonbestückten, solariumgebräunten Margarete nicht nur die Tatsache, dass sie die zweite Tote ist und damit die Sache noch schlimmer wird, sondern vor allem: Dieses Mädchen hier wirkt so unangetastet vom Leben. Sie sieht aus wie eine Puppe.

Ihre aufs Wasser starrenden Augen, das geronnene Blut auf der Stirn, all das hat was von einer zerstörten Idee. Als hätte jemand etwas wirklich Zartes kaputt gemacht. Mir wird schon wieder schlecht, ich muss eine kleine Pause einlegen und mich kurz an diesem Geländer hier festhalten, das die Leute davor schützt, in die Elbe zu kippen.

Als ich wieder gerade stehen kann, versuche ich, dem alten Mann möglichst nah zu kommen, ohne ihn zu berühren oder ihm sonst wie unangebracht auf die Pelle zu rücken. Er weint still vor sich hin.

»Ich bin Chastity Riley«, sage ich, »die zuständige Staatsanwältin.«

Er rührt sich nicht, und die Hand, mit der er sich an seine Angel klammert, ist fast weiß.

»Das muss ein schlimmer Schreck für Sie gewesen sein«, sage ich.

»Sie sitzt auf meinem Stuhl«, sagt er und schließt die Augen. »Wenn ich den Stuhl nicht immer hier stehenlassen würde, würde sie da jetzt nicht so sitzen. Meine Frau sagt auch, ich soll den Stuhl nicht stehenlassen.«

Seine Schultern beginnen zu zucken. Er weint wie ein Kind. Er ist mindestens achtzig.

»Sind Sie jeden Morgen hier?«, frage ich.

Er nickt.

»Auf was gehen Sie?«

»Zander«, sagt er. »Ohne Angelschein.«

Er sieht mich einen kleinen Moment lang an. Seine Augen sind von einem trüben Wasserblau, es kann sein, dass sie früher mal aussahen wie die von Paul Newman.

»Keine Sorge«, sage ich, »ich bin nicht das Ordnungsamt. Angeln Sie, so viel Sie wollen.«

»Hier garantiert nicht mehr«, sagt er, und wischt sich mit der freien Hand die Tränen von seiner Pergamenthaut.

»Wann gehen Sie denn immer raus?«

»So gegen halb sieben«, sagt er.

»Heute morgen auch?«

»Es war kurz nach sechs. Und da saß sie auf meinem Stuhl.«

Seine Stimme bricht und dann erstickt sie.

»Haben Sie irgendwen gesehen?«

Er schüttelt den Kopf und fängt wieder heftiger an zu weinen. Ich lege meine Hand auf seine Schulter und hoffe, dass er noch ein bisschen Zeit hat, diesen Morgen zu vergessen. Dann drücke ich ihm meine Karte in die Hand.

»Wissen Sie was«, sage ich. »Rufen Sie mich doch an, wenn Sie einen neuen Platz gefunden haben. Ich würde gerne mal mitkommen.«

Der alte Mann lächelt mich durch die Tränen an und steckt die Karte in seinen Anorak.

Ich habe keine Ahnung, wie ich wieder an dem Mädchen vorbeikommen soll, ohne in Ohnmacht zu fallen.

LANDUNGSBRÜCKEN

Später, als das tote Mädchen auf dem Weg in die Gerichtsmedizin ist, gehen wir ein paar Schritte, der Faller und ich. Der Faller hat die Hände in den Manteltaschen und rückt nicht raus mit der Sprache, aber ich weiß, dass noch irgendwas ist.

»Was?«, frage ich.

»Hm«, sagt er.

Ich biete ihm eine Zigarette an. Er lehnt ab.

»Was?«, frage ich nochmal.

»Ich war doch gestern bei Eisen-Siggi«, sagt er.

Siggi. Ach ja.

»Ach ja«, sage ich. »Wie geht's ihm?«

»Der war merkwürdig«, sagt der Faller, »der hat sich gar nicht gefreut.«

»Faller«, sage ich, »Sie haben ihn damals in den Knast gebracht.«

»Och«, sagt er, »das sind doch olle Kamellen. Das ist doch längst vergessen.«

Das würde ich an Siggis Stelle nicht so sehen, aber bitte.

»Der war total abwesend«, sagt er, »als würde er mich überhaupt nicht wahrnehmen.«

»Faller«, sage ich, »wir haben zwei tote junge Frauen, innerhalb weniger Tage. Ist Eisen-Siggi da wirklich so wichtig?«

»Ich glaube ja«, sagt der Faller. »Immerhin hatte unsere erste Tote seine Telefonnummer.«

»Okay«, sage ich, »aber was geht uns der seelische Zustand dieses alten Gauners an?«

»Vertrauen Sie mir, Chas. Ich denke, der geht uns eine Menge an.«

Wir gehen noch ein bisschen am Wasser entlang und schweigen. Ich komme langsam zu mir. Und irgendwo zwischen der Landungsbrücke sechs und sieben hält mir der Faller seinen Arm hin und ich hänge mich bei ihm ein.

»Sie sollten mal wieder Ihre Stiefel putzen«, sagt er. »Das sieht doch nicht aus.«

HARTER BROCKEN

Fast hätte ich es geschafft, den Faller zu überreden, mit zu Carla zu kommen. Er war ja noch nie bei ihr, und da dachte ich, das würde ihm sicher auch mal guttun, sich was von ihrem Wesen abzuschneiden, nach so einem Vormittag. Aber er wollte lieber nach Hause zum Mittagessen, er wollte zu seiner Frau.

Ist ja völlig richtig.

Wenn man schon ein Zuhause hat, sollte man auch hingehen.

Ich reiße die Tür zum Café etwas zu forsch auf, wie ich finde, und komme mir sofort blöd vor. Um dieses Gefühl loszuwerden, streife ich mir die Schuhe ab, als käme ich aus einem ganz schlimmen Wetter. Zandvoort sitzt an einem Tisch an der Wand. Er nickt, als unsere Blicke sich treffen. Carla ist nicht da, und hinter dem Tresen steht der nette Stammkunde, dessen Mantel sie sich gestern geborgt hat. Er wirkt etwas überfordert, schlägt sich aber ganz ordentlich. Der Laden ist voll, und die Gäste sehen zufrieden aus.

»Wo ist Carla?«, frage ich und rutsche auf einen Barhocker.

Er zuckt mit den Schultern, sein lichtes Haar steht angestrengt von seinem Kopf ab.

»Keine Ahnung«, sagt er und legt seine Stirn in Falten, »hier ist sie jedenfalls nicht.«

»Kann sein, dass sie ihren Rausch ausschlafen muss«, sage ich.

»Verstehe«, sagt er. »Wissen Sie zufällig, wo mein Mantel ist?«

»In Sicherheit.«

Er nickt, spült ein paar Gläser, und fragt mehr sich selbst als mich: »Warum mache ich das hier eigentlich?«

Weil du in sie verknallt bist, denke ich. Mäuschen.

Ich kann Zandvoorts Blick in meinem Nacken spüren.

Und was mache ich hier eigentlich?

Ein Ablenkungsmanöver.

Idiotin.

Ich hebe mein Kinn, mache mich gerade, drehe mich um und steuere auf Zandvoort zu. Carla sagt immer, ich müsse lernen, auf Männer zuzugehen. Bitteschön, denke ich. Zandvoort zieht den linken Mundwinkel nach oben, ein richtiges Lächeln ist das nicht, eher so: Wusst ich's doch.

Ich komme mir vor wie ein Stück Beute.

Er kommt mir vor wie ein Raubtier an einem berüchtigten Wasserloch. Von dem alle Tiere immer sagen: Geh da nicht hin, auch wenn es noch so schön glitzert. Du weißt doch, da warten die Löwen.

Kein guter Typ zum Üben eigentlich.

Der Löwe erhebt sich.

Er will mir den Mantel abnehmen, bevor ich mich hinsetze.

»Danke«, sage ich, »den behalte ich lieber an.«

Ein bisschen Deckung nur, aber immerhin.

»Wie geht es Ihnen?«, fragt er.

»Mein Job macht mir etwas zu schaffen«, sage ich. Verdammt, das geht ihn überhaupt nichts an.

»Was genau arbeiten Sie denn?«, fragt er. »Ich weiß ja gar nichts über Sie, außer dass Sie wohl gerne diesen komischen Trenchcoat tragen.«

Als ob Carla ihm nicht schon in den schillerndsten Farben ausgemalt hätte, womit ich meine Brötchen verdiene. Also bitte.

»Staatsanwaltschaft«, sage ich.

Er zieht ein beeindrucktes Gesicht. »Und? Gibt es einen aufregenden neuen Fall oder nur die übliche Steuerhinterziehung?«

Der hält sich aber wirklich für den Größten.

»Über laufende Ermittlungen darf ich nicht reden.«

Ich sehe ihm in die Augen. Stahlgrau, ich hab mich beim ersten Mal nicht getäuscht. Ich mag, wie er sein Haar trägt, einfach so nach hinten gekämmt. Das sieht man heutzutage ja nicht mehr so oft. Statt Anzug hat er heute eine schwarze Hose und einen grauen Rolli an. Ansonsten ist er noch verschlossener als ich. Kein Wunder, dass Carla glaubt, er könnte zu mir passen. Ich merke, dass er mich auch mustert, und fühle mich plötzlich schlecht angezogen und ungeduscht. Ich habe das weiße Hemd von gestern an und eine alte Jeans. Hoffentlich sind da nicht irgendwo Kotzflecken. Ich schaue aus dem Augenwinkel an mir runter und kann nichts feststellen.

»Haben Sie heute Abend schon was vor?«, fragt er.

»Ich habe abends nie was vor«, sage ich, »außer es ist Fußball.«

»Welcher Verein?«, fragt er.

»Sankt Pauli«, sage ich. »Und Sie?«

»Alemannia Aachen«, sagt er, »auch nicht einfach.«

Ich muss grinsen.

»Würden Sie mit mir zu Abend essen?«

Nein.

»Tut mir leid«, sage ich, »das geht nicht.«

»Warum?«

Du bist mir irgendwie unheimlich. Und ich will mich nicht verzetteln.

»Diät«, sage ich.

»Ich bitte Sie«, sagt er. »Das nimmt Ihnen doch keiner ab. Bei Ihrer Figur.«

Schleimer.

»Und wie wäre es mit einem Glas Wein?«

»Gern«, sage ich, »aber dann sofort.«

Er lächelt, schüttelt den Kopf.

»Sie sind echt ein harter Brocken.«

Er geht zum Tresen und bestellt zwei Gläser Chardonnay bei dem netten Stammgast, der den Laden wirklich exzellent schmeißt.

»Wir sehen uns also nicht heute Abend«, sagt Zandvoort, als er mit dem Wein zurückkommt.

»Richtig«, sage ich.

»Wann sehen wir uns dann?«

»Montagmittag bin ich vermutlich wieder hier.«

»Ich werde es einrichten«, sagt er.

Auf eine merkwürdige Art habe ich das Gefühl, dass er exakt in diesem Augenblick anfängt, mir zu nahe zu treten.

ANSTECKEND

Ein Glas Wein und seine geradezu medizinische Wirkung: Mir geht es blendend. Ich kann mich kaum noch an den Kater von heute morgen erinnern, und auch das tote Mädchen ist unangenehm und falsch in die Ferne gerückt. Ich fühle mich fast so, als wäre ich ein normaler Mensch. Ich laufe die Landungsbrücken entlang in Richtung Taxistand, ich muss nach Eppendorf in die Gerichtsmedizin. Selbstverständlich habe ich keine besonders große Lust auf Gerichtsmedizin, nicht schon wieder, aber muss ja. Und vielleicht ist wenigstens meine neue Bekannte Betty Kirschtein da.

Am Wasser ist nicht viel los, und deshalb sehe ich den Typen sofort. Er sitzt auf einem dieser schweren, gegossenen Poller, um die man die Taue der liegenden Schiffe bindet. Er sieht aufs Wasser hinaus, er ist sehr dünn, seine Haut ist blass, und seine kurzen, weichen Haare haben die Farbe eines Rehs. Er dreht den Kopf zu mir und sieht mich an. Rechts über seiner Oberlippe ist ein ziemlich großes Muttermal, das gibt seinem Gesicht eine ganz besondere Eindeutigkeit.

Er scheint durch das Klackern meiner Absätze in seinen Gedanken gestört worden sein, aber er sieht nicht wieder weg, wie man das normalerweise machen würde. Er sieht mir in die Augen, während ich näher komme. Als ich auf seiner Höhe bin, kann ich nicht einfach weitergehen. Ich bleibe stehen, weil ich muss. Ich stehe da direkt am Wasser und sehe diesen fremden jungen Mann an. Die Situation ist merkwürdig, ich sollte was sagen, um sie besser zu machen, aber meine Kehle ist wie zugeschnürt, ich kriege keinen Ton raus, und sein Blick schiebt sich wie ein kalter Finger unter meine Haut. Ich weiß nicht, wie lange wir in dieser körperlosen Umklammerung stecken, die Zeit scheint komplett ausgeschaltet, ich bin mir nicht sicher, was das hier genau ist, aber es ist mächtig. Und je länger ich ihm in die Augen sehe, desto mehr scheint auf, was es ist: ein Schmerz, so ausufernd, dass er ansteckend ist.

Ich nehme all meine Kraft zusammen und bekomme tatsächlich die Zähne auseinander.

»Kann ich Ihnen helfen?«

Er zuckt, er schlägt die Augen nieder, er dreht den Kopf weg und schaut wieder aufs Wasser.

»Geh weg«, sagt er. So leise, dass ich es kaum hören kann.

»Aber ...«

»Geh weg«, sagt er wieder, diesmal laut, er schleudert es in meine Richtung, ohne mich nochmal anzusehen.

»Geh endlich.«

Als ich im Taxi sitze, haue ich mir links und rechts eine runter, um wieder klarzukommen.

MACHEN SIE DAS BITTE MIT DEN ELTERN?

Auf den Stufen zur Gerichtsmedizin ist alles wie immer. Mir steigt das Desinfektionsmittel in die Nase, die Kälte, die da unten im Keller herrscht, winkt schon von Weitem, und als ich sehe, dass der Faller und der Doc nicht allein sind, ist mein Herz da, wo es gerne mal ist: in der Hose. Der Faller redet mit einer Frau in einem eleganten cremefarbenen Übergangsmantel, die zusammengesunken auf einem Stuhl neben dem Waschbecken sitzt. Der Doc steht hölzern vor der Pritsche mit der Toten, neben ihm ein Mann, der die Hände vors Gesicht geschlagen hat. Die beiden sehen aus wie zwei Leute, die gerade alles verloren haben. Angehörige. Angehörige sind noch schlimmer als Leichen. Angehörige sind mittendrin. Hilfe.

Betty Kirschtein ist nicht da. Der Faller sieht mich, legt der Frau kurz die Hand auf die Schulter und kommt zu mir rüber.

»Die Eltern?«, frage ich.

»Haben das Mädchen eben identifiziert«, sagt er. »Sie ist gerade 19 geworden.«

»Und hat eventuell in einem Stripschuppen getanzt?«

»Die Eltern wissen von nichts«, sagt er.

»Wie hieß sie?«, frage ich.

»Henriette Auer«, flüstert der Faller, aber die Mutter hört den Namen ihrer Tochter trotzdem und wirft mir einen Blick zu, der mir alle Schuld gibt.

»Machen Sie das bitte mit den Eltern, Faller?«

Ich kann das heute nicht.

Der Faller nickt.

»Weiß der Doc schon was?«, frage ich.

»Er hat die Medikamente in ihrem Blut noch nicht analysiert, aber er geht davon aus, dass es das gleiche Zeug ist, das er bei Margarete Sinkewicz gefunden hat.«

»Und sonst?«, frage ich.

»Gleiches Spiel wie beim ersten Mal«, sagt er. »Sie wurde mit einem Kabelbinder erwürgt, ohne dass sie sich gewehrt hat, danach wurde sie ausgezogen, skalpiert und an die Elbe gebracht. Das Ganze ist zwischen ein Uhr und drei Uhr morgens passiert.«

»Er wird noch mehr Frauen umbringen, oder?«

Der Faller beißt sich auf die Lippen.

Die Mutter des Mädchens starrt mich immer noch an. Schlecht auszuhalten, so ein Blick.

»Wir sehen uns morgen bei der Soko-Sitzung, okay?«

Faller nickt.

»Ich rede mit der Presse«, sagt er, »und versuche die dazu zu bringen, dass sie bis Montag die Schnauze halten. Wenn wir nicht bald was Konkretes haben, wird's da langsam eng.«

Ich versuche nochmal, mein Gesicht in den Griff zu bekommen.

»Okay«, sage ich, »ich geh dann später mit einem Bild von Henriette in den Tanzschuppen, in dem Margarete gearbeitet hat. Vielleicht krieg ich da ja was raus.«

»Soll ich mitkommen?«, fragt der Faller.

»Wollen Sie mitkommen?«

»Von *wollen* kann keine Rede sein«, sagt er, »aber ich habe irgendwie das Gefühl, dass Sie heute nicht alleine gehen sollten, auch wenn Sie das sonst immer so gern tun.«

»Sie müssen nicht auf den Kiez, wenn Sie nicht wollen, Faller. Ich nehme den Calabretta mit, wenn Ihnen dann wohler ist.«

Er nimmt meine Hand, drückt sie und sagt: »Wir sehen uns morgen in Ihrem Büro.«

Ich lächle ihn an, er dreht sich um, geht wieder zur Mutter von Henriette Auer und nimmt auch ihre Hand, und ich bin ihm wahnsinnig dankbar dafür und bemühe mich im Gegenzug, den letzten Rest Erinnerung an den Jungen von den Landungsbrücken aus meinem Kopf zu kriegen.

BILDERBUCHBULLE

Es geht doch nichts über ein gutes Verhältnis zur Presse. Patschinski und die anderen Polizeireporter haben versprochen, bis Montag nicht mit Geschichten über die zweite Tote rauszugehen. Wenn wir danach nicht zimperlich mit Informationen sind. Damit kann ich leben.

»Sie brauchen wohl Druck«, hat Patschinski am Telefon gesagt.

»Druck«, hab ich gesagt, »ist echt das Letzte, was ich gerade gebrauchen kann, aber am Montag können wir auch darüber gern nochmal reden.«

Ich nehme den Calabretta mit ins Acapulco. Er kann gefährlich schauen und ist auch insgesamt genau der Richtige für einen spätnachmittäglichen Besuch im Rotlichtviertel. Als wir an der Davidwache aus Calabrettas Dienstwagen steigen, kriecht die Dämmerung am Horizont runter. In meiner Manteltasche hab ich ein Polaroid von Henriette. Hätte sie nicht diese Blutspur auf der Stirn, könnte man denken, sie schläft nur. Das Bild hat etwas beunruhigend Friedliches.

Wir laufen die Reeperbahn runter und biegen in die Große Freiheit ein. Hier und da blinkt eine Leuchtreklame für Sex und Striptease und Saufen. Und die pensionierten Luden, die jetzt als Koberer arbeiten und die Kundschaft in die Etablissements locken sollen, drücken sich schonmal ein bisschen in der Straße rum und zuppeln ihren Helmut-Schmidt-Look zurecht.

Der Rotlichtbezirk im Aufwärmtraining.

Das Acapulco liegt relativ am Anfang der Freiheit. Über dem Eingang hängt eine altmodische Leuchtschrift in grellen Farben, die die Mädchen anpreist. Die Lichter sind noch aus. Als würde der Laden Trauer tragen.

Der Calabretta macht die Tür auf, wirft einen Blick in die Runde, und dann sagt er: »Okay. Kommen Sie rein.«

Das macht er immer so, vermutlich sogar privat, wenn er mit einer Flamme frühstücken geht. Zu viele Filme gesehen, schätze ich.

Der Raum ist dunkel, bis auf eine schwache aber kalte Glühbirne über der Bühne sind die Lampen aus. Eine ältere Frau im Kittel ist gerade dabei, die Stühle von den Tischen zu nehmen. An der Stange auf der Bühne tanzt ein Mädchen in rosa Unterwäsche. Der Mann, für den sie tanzt, hängt tief in seinem Stuhl in der ersten Reihe, man sieht ihn nur von hinten. Schwarzes, glänzendes Haar, schwarze Lederjacke.

»Moin, der Herr«, sagt Calabretta.

Der Mann dreht den Kopf und kneift die Augen zusammen, das Mädchen hört auf zu tanzen. Er dreht sich wieder zu ihr.

»Weitermachen.«

Dann steht er auf und kommt auf uns zu.

»Ja, bitte?«

»Vito Calabretta, LKA Hamburg«, sagt der Calabretta, »und das ist Chastity Riley, Staatsanwaltschaft.«

Der Typ nickt, wir nicken zurück.

»Also«, sagt er, »wenn Sie wegen Maggie kommen, da waren Ihre Kollegen schon mal hier. Da hab ich mir nix vorzuwerfen.«

»Tanzt da Maggies Ersatz?«, frage ich und zeige mit dem Kopf auf das Mädchen an der Stange.

Er sieht mir fest in die Augen und antwortet nicht.

»Was kann ich für Sie tun?«, fragt er. Sein linker Schneidezahn ist abgebrochen.

Calabretta hält ihm das Bild von Henriette unter die Nase.

»Kennen Sie die?«

Er nimmt ihm das Bild ab und hält sich an einem Tisch fest.

»Henny.«

»Ein Angler hat sie heute morgen an der Elbe gefunden«, sage ich.

»Hat das Mädchen hier gearbeitet?«, fragt der Calabretta.

Der Typ nickt und starrt das Bild an.

»Mein Gott«, sagt er, »die war noch so jung.«

»Seit wann war sie bei Ihnen?«, frage ich.

»Seit zwei Wochen«, sagt er. »Sie hatte gestern ihren ersten richtigen Auftritt. Großes Talent an der Stange.«

»Sie hätte fürs Abi lernen sollen, statt hier bei Ihnen auf der Bühne rumzuturnen«, sagt der Calabretta.

»Man kann bei mir gut verdienen«, sagt der Typ, »und wenn ein Mädchen auf schicke Handtaschen steht, warum soll sie nicht tanzen ...«

»Haben Sie gesehen, ob Henriette mit jemandem den Laden verlassen hat?«, fragt der Calabretta.

»Sie ist alleine gegangen, kurz nach halb zwei.«

»Hatte sie Freundinnen hier?«, frage ich.

»Meine Mädchen verstehen sich alle ganz gut, aber wer mit wem befreundet ist, kann ich Ihnen nicht sagen. Was die privat machen, geht mich auch nichts an.«

»Können wir mit den Mädchen sprechen?«

Calabretta macht auf zielstrebig-schmallippig. Er ist

einfach ein Bilderbuchbulle, das muss man ihm lassen. Und er trägt immer zu enge Jacken, damit man die Knarre darunter nicht übersehen kann.

»Die erste Show läuft um acht, die Mädchen kommen so gegen sieben«, sagt der Typ.

»Übernehmen Sie das?«, frage ich den Calabretta.

»Klar«, sagt er. »Ich bleib am besten gleich hier.«

Der Lederjackett-Typ klopft ihm jovial auf die Schulter und wirft einen Blick auf das tanzende Mädchen.

»Kein Problem, Mann.«

Oh nein, Verbrüderung im Anmarsch.

»Äh, Calabretta«, sage ich, »holen Sie sich noch eine Kollegin dazu? Die Mädchen werden ein weiches Gesicht brauchen, in das sie schauen können, wenn sie erfahren, dass inzwischen zwei von ihnen tot sind.«

DIE SCHILDER LEUCHTEN DIE GANZE NACHT

Es ist Abend geworden auf Sankt Pauli, es ist Freitag, die Meile füllt sich und fängt an zu glitzern. Die Vorstadtjugend hat sich aufgedonnert und zu Hause schon mal vorgeglüht, jetzt überfällt sie die Läden auf der Großen Freiheit. Die Dreißigjährigen schlendern durch die Bars und nehmen ein paar Drinks, bevor sie dann später auf kleine Clubkonzerte gehen. Die Rentner sind auf dem Weg ins Operettenhaus, weil sie sich da mit einem Musical traktieren wollen, vorher schauen sie sich noch ein bisschen in den Sexshops um und kichern. Ich sehe zu, dass ich nach Hause komme.

Laufe die Große Freiheit runter, deren unterer Teil nichts mit dem Halligalli der oberen Hälfte zu tun hat. Bis auf zwei Konzertschuppenlegenden ist da nicht viel, dieser Teil der Straße verströmt fast Erholung. An der Ecke zur Paul-Roosen-Straße ist noch eine alte Rummsdikneipe, gegenüber macht ein neuer Laden auf seriös, und dann biegt man um die Ecke, und das Wohnviertel fängt an. Eine Bäckerei, ein Supermarkt, der Gemüsemann, der Frisör. Am Feinkostladen biege ich links ab und bin in meiner Straße. In der Bar Centrale steht Leon, der Typ aus Nordengland, hinter seiner Theke, er winkt mir zu und ich winke zurück, ich gehe am Fischimbiss vorbei, vor dem eine Gruppe Teenagermädchen Zigaretten raucht, daneben stehen die Fahrradkuriere vor ihrer Werkstatt, in der man die schnellsten Räder der Stadt kaufen kann. Der Kandie

Shop hat schon zu, aber das Schild für guten Kaffee leuchtet die ganze Nacht, und ganz hinten, am Ende der Straße, schließt Achmed gerade seinen Kiosk ab. Der Dönerladen nebenan macht auf und übernimmt. Ab jetzt wird das Bier eben da gekauft.

Ich habe große Lust, mit Carla zu reden. Ich hole mein Telefon aus meiner Manteltasche und wähle ihre Nummer. Sie geht nicht ran. Ich rufe im Café an. Da geht auch keiner ran. Der nette Stammgast scheint aufgegeben zu haben. Meine Güte, sie kann doch nicht immer noch im Koma liegen, so schlimm war das jetzt auch nicht gestern.

Ich steh hier ja auch schon den ganzen Tag stramm.

Die hat echt Nerven. Ich würde sie wirklich gern sprechen. Ich suche meinen Schlüssel und stecke ihn ins Schloss.

»Hey.«

Oh. Klatsche.

»Hey«, sage ich.

Fast hätte ich ihm die Haustür ins Gesicht geschlagen.

»Wo kommst du her?«, fragt er.

Ich weiß nicht, was ich antworten soll, es gäbe so viel zu erzählen, und es fällt mir so schwer, überhaupt etwas zu sagen.

»Wo willst du hin?«, frage ich.

»Einsatz«, sagt er, zieht die rechte Augenbraue hoch und schwenkt seinen Werkzeugkasten. »Lassen Sie mich durch, ich bin der Schlüsseldienst.«

Ich lache, aber ein bisschen übertrieben, so gut war der Witz auch wieder nicht. Wenn es einer war.

»Hast du bis eben geschlafen?«, frage ich.

Er setzt ein knitteriges Grinsen auf und sagt: »War eine stürmische Fahrt gestern.«

Ich schaue kurz auf meine Füße, dann wieder in seine Augen.

Puh.

»Ist Carla schon wach?«

»Schlafend wird sie nicht nach Hause gegangen sein.«

»Sie ist nicht bei dir?«

»Nö«, sagt er. »Als ich vor einer Stunde in meine Wohnung kam, war das Bett leer. Wieso?«

»Sie ist nicht im Café, und an ihr Telefon geht sie auch nicht.«

»Machst du dir Sorgen?«

»Um Carla mach ich mir immer Sorgen.«

»Ach«, sagt er, »die ist ein großes Mädchen.«

Ist sie nicht, denke ich.

»Hey«, sagt er, und küsst mich auf die Stirn.

Huch.

»Deine Freundin kann schon auf sich aufpassen. Ich melde mich später, okay, ich muss jetzt los.«

»Okay«, sage ich, und schon ist er weg, und eigentlich wollte ich doch sagen, nee du, lass mal, musst du nicht, und jetzt sehe ich ihm nach, wie er die Straße entlangschlendert und den Volvo aufschließt, und bevor er einsteigt, dreht er sich nochmal um und winkt mir zu, und es wäre so viel cooler gewesen, nicht hier zu stehen und ihm hinterherzuglotzen.

Ich gehe rein und quäle mich die Treppen hoch, verdammt, der Tag hat Spuren hinterlassen.

Als ich den Schlüssel ins Schlüsselloch stecken will, schwingt die Tür auf.

Klatsche, der Idiot, beruflich Türen aufmachen, aber sie auch mal zuzumachen, das kriegt er offenbar nicht hin.

Ich mache das Licht im Flur an und die Tür hinter mir

zu. Irgendwas stimmt nicht. Es riecht nach Rasierwasser. Klatsche riecht nicht so, der riecht nach Schmieröl und Seife. Ich gehe ins Wohnzimmer, mache das Licht an und sehe mich um. Alles sieht aus wie immer. Braunes Sofa, blanker, schlecht geputzter Holzfußboden, keine Vorhänge, ein Fernseher, eine Minibar, der Schreibtisch. Ich schaue in die Küche und ins Schlafzimmer. Klatsche hat tatsächlich das Bett gemacht.

Ich gehe zurück ins Wohnzimmer. Hier ist es. Hier stimmt was nicht. Mein Schreibtisch schaut mich an. Er sieht aus, als wolle er mir was sagen. Als ich die Schublade aufziehe, wird mir schwindelig. Meine Knarre ist weg. Jemand war in meiner Wohnung und hat meine Knarre mitgenommen.

Ich kippe auf der Stelle um.

IM GOTTVERDAMMTEN TÜRRAHMEN

Kurz vor Mitternacht, ich liege auf dem Fußboden und starre die Decke an. In den letzten zwei Stunden hab ich zehn Mal bei Carla angerufen, zehn Mal ist sie nicht ans Telefon gegangen. Mit der Deckenstarrerei versuche ich, mich zu beruhigen, aber es funktioniert nicht.

Es klopft an der Tür. Ich halte die Luft an. Es klopft nochmal. Ich stehe auf, wische die Jeans ab, gehe zur Tür und mache auf.

»Hey«, sagt Klatsche.

»Hey«, sage ich, und denke: schön, dass du da bist, es war gerade so einsam.

Klatsche hat in jeder Hand eine Flasche Bier.

»Gute Idee?«

»Sehr gute Idee«, sage ich, rutsche am Türrahmen runter und mache es mir dort bequem. Klatsche macht es mir nach, holt sein Feuerzeug aus der Hosentasche, macht die Biere auf und gibt mir eins.

»Danke«, sage ich, und verschränke meine Beine mit seinen.

»Geht das so?«, fragt er.

»Geht super«, sage ich. »Hast du zufällig auch paar Zigaretten dabei?«

Er kramt in seiner Jackentasche und zieht einen zerknüllten Softpack Luckies ohne Filter hervor. Meine Flurlampe wirft einen schönen warmen Schein in sein Gesicht. Er sieht viel älter aus als gestern. Er würde glatt für achtundzwanzig durchgehen.

»Noch genau vier Stück«, sagt er, zündet eine an und steckt sie mir zwischen die Lippen.

Ich ziehe den Rauch ein.

»Der Kiez ist am Durchdrehen«, sagt er.

»Freitagabend halt«, sage ich.

»Verkauf mich nicht für blöd«, sagt er. »Ich weiß, was passiert ist. Alle reden darüber.«

Ich nehme einen Schluck von meinem Bier.

»Es war schrecklich«, sage ich. »Wie sie da saß, mit dieser Perücke, und aufs Wasser schaute. Sie hätte im Sommer ihr Abitur machen sollen.«

Klatsche zündet sich auch eine Zigarette an. Mir fällt ein bisschen Asche auf den Fußboden.

»Warte kurz«, sage ich, »ich hol uns schnell einen Aschenbecher.« Aus dem Wohnzimmer frage ich: »Was erzählt man sich denn so auf dem Kiez?«

»Dass ein Irrer frei rumläuft und Tänzerinnen verstümmelt«, sagt er. »Die haben alle Angst. Im Acapulco stehen ab jetzt ganz schwere Jungs vor der Tür, und keins der Mädchen will noch alleine irgendwo hingehen. Manche wollen nicht mal mehr arbeiten. Einer von den Portiers im Casino sagt, er hätte einen merkwürdigen Typen gesehen, zwei Meter groß und mit einer Perücke aus Frauenhaar auf dem Kopf. Halte ich aber für Legendenbildung. Du weißt ja, wie schnell das hier geht.«

Ich rutsche wieder an meiner Seite des Türrahmens runter und stelle den Aschenbecher im Treppenhaus ab.

»Hast du nochmal was vom Basso gehört?«, frage ich.

»Nee«, sagt er, »halten alle das Maul. Wenn ein Lude draufgeht, ist es immer besser, nichts dazu zu sagen. Da ist die Botschaft ja deutlich genug. Der arme Kerl hat doch nur deshalb sterben müssen.«

»Du mochtest ihn, hm?«

»Na ja, ich kannte ihn kaum. Aber die Kleinen sollen doch zusammenhalten, oder?«

Er trinkt einen Schluck Bier und zieht an seiner Zigarette.

»Hast du Carla inzwischen erreicht?«

Ich schüttele den Kopf.

»Ich will auch lieber nicht wissen, wo die sich rumtreibt.«

»Im Zweifelsfall«, sagt er, »ist sie gerade dabei, Fernando zu zerlegen.«

»Hör bloß auf«, sage ich.

Er lacht, und wie aus Versehen landet seine linke Hand auf meinem Knie. Ich schiebe sie nicht weg und mache die Augen zu.

»Klatsche«, sage ich.

»Mhm«, brummt er.

»Hast du meine Tür abgeschlossen, als du gegangen bist?«

»Klar«, sagt er, »wofür hältst du mich?«

»Die Tür war nur angelehnt«, sage ich.

»Nein«, sagt er.

»Doch«, sage ich und mache die Augen wieder auf.

Klatsche sieht müde aus.

»War jemand in deiner Wohnung, Baby?«

»Es roch nach Rasierwasser. Als wäre da einer vom Kiez zu Besuch gewesen.«

Er nimmt einen Schluck Bier.

»Wow. Weißt du, was dein Besuch wollte?«

»Ich schätze, er wollte meine Knarre«, sage ich. »Die ist nämlich weg.«

»Wusste gar nicht, dass du eine hast.«

»Ich darf auch eigentlich keine haben«, sage ich und nehme noch einen Schluck.

»Was will ein Kieztyp ausgerechnet mit deiner Wumme?«, fragt er.

»Mir Angst machen?«

»Wer will dir denn Angst machen? Du bist die gottverdammte Staatsanwaltschaft.«

»Ich hab keine gottverdammte Ahnung, Klatsche.«

Er streichelt mir ein bisschen übers Knie, wieder eher so aus Versehen, und dann reden wir nicht mehr, trinken eher schlecht als recht unser Bier aus, rauchen jeder noch eine zweite Zigarette und gehen am Ende in zwei verschiedene Betten.

FERSENGELD

Ich rede mir ein, dass es nur ein Spaziergang ist, einer meiner üblichen Spaziergänge zu Carlas Café. Aber es ist kein Spaziergang. Ich habe Angst und ein bizarres Tempo drauf. Als hätte ich die Hoffnung, dass mit jedem zurückgelegten Meter die Angst ein bisschen kleiner wird. So läuft es aber leider nicht. Die Angst wird nicht kleiner. Die Angst wird größer, je näher ich meinem Ziel komme. Ich laufe am ehemaligen Hafenkrankenhaus vorbei, durch das zerrupfte Waldstück mit den knorrigen Bäumen, ich laufe den Venusberg runter, ich sprinte über die Treppen zum Portugiesenviertel, und ich habe Angst. Kurz bevor ich am Café ankomme, wird die Angst so groß, dass sie beginnt, mich zu lähmen, es ist wie in einem bösen Traum, wenn man in einer dieser Welten gefangen ist, in denen man nicht vom Fleck kommt, egal, wie sehr man sich anstrengt, und mir ist, als würden die Klamotten- und Souvenirläden links und rechts mich auslachen, weil sie es zum Piepen finden, wie ich auf dem Asphalt festklebe. Als ich an der Tür vom Café rüttele und feststelle, dass sie zu ist, wird die Angst zu Panik.

Carla ist nicht da, das Café ist geschlossen, das hat sie noch nie gemacht. Sie macht ihr Café immer auf, egal, was ist. Ich versuche, meine Atmung zu beruhigen und meinem Blutdruck klarzumachen, dass Umfallen jetzt niemandem hilft. Ich wähle wieder Carlas Nummer, aber ihr Telefon ist inzwischen aus. Ich höre eine Computerstimme in der Leitung und ein Nebelhorn in der Ferne.

Ich trete gegen die gläserne Tür, ich haue mit den Fäusten dagegen, ich bleibe mit der Stirn dran kleben. Ich reiße mich zusammen und fange wieder an zu rennen, zwei Straßen weiter klingele ich Sturm an Carlas Wohnungstür. Nichts. Ich versuche, an meinem Schlüsselbund den angerosteten Schlüssel zu ihrer Wohnung zu finden, den sie mir mal gegeben hat, das hier, das muss er sein. Er passt. Ich stürme die Treppen hoch und schließe ihre Wohnungstür auf, und sofort, als die Tür sich öffnet, weiß ich natürlich: Carla ist nicht da. In der Spüle steht eine Kaffeetasse mit einem Rand angetrocknetem Kaffee am Tassenboden, ansonsten ist alles picobello. Das Bett ist gemacht, es liegt nichts rum, nur im Wohnzimmer hängt ein gepunktetes Kleid über dem plüschigen alten Stuhl. Alles sieht aus, als wäre die, die hier wohnt, eben mal übers Wochenende ausgeflogen. Carla kann seit zwei Tagen nicht mehr hier gewesen sein. Seit die Scheiße mit Fernando rausgekommen ist. Fernando, der Idiot. Vielleicht weiß der, wo sie steckt.

Ich schließe Carlas Wohnung zweimal ab, so wie ich es bei meiner auch immer mache, ich sage ihr dauernd, dass sie das auch machen soll, aber sie pfeift drauf.

Okay.

Runter, raus, Fersengeld.

Fernando wohnt auf der anderen Seite der Michaeliskirche, hinter dem großen Verlagshaus, einem Monstrum von Arbeitsplatz, das die Menschen morgens inhaliert und sie abends wieder ausspuckt, und dann sehen sie alle aus, als hätte man ihnen im Laufe des Tages das Blut abgepumpt oder zumindest an ihrer Seele manipuliert, und vielleicht stimmt das sogar.

Ich laufe über die Wiese unterhalb der Kirche, ich brauche fünf Minuten, bis ich bei Fernando bin.

Er macht auf und steht etwas irritiert im Türrahmen, hinter ihm in der Küche steht eine zierliche Frau in einem Morgenmantel. Die Frau ist unübersehbar schwanger.

»Komm raus«, sage ich.

»Willst du mich jetzt auch verprügeln?«, fragt er.

Das Veilchen an seinem linken Auge schimmert lila und grün.

»Verdient hättest du's«, sage ich.

Er funkelt mich an.

»Carla ist weg«, sage ich.

»Ach«, sagt er, »wird sie mal wieder dramatisch?«

»Pass auf, sonst werd ich hier gleich dramatisch«, sage ich. »Hast du eine Ahnung, wo sie stecken könnte? Hat sie sich bei dir gemeldet?«

»Willst du nicht erstmal reinkommen?«

»Wo zur Hölle ist Carla, Fernando?«

»Fauch mich nicht so an, ich hab sie seit Donnerstag nicht mehr gesehen. Und wenn's nach mir geht, bleibt das auch so.«

»Du bist so ein Arschloch«, sage ich, und es tut sehr gut, das zu sagen. Bevor ich mich vergesse und ihm doch noch eine knalle, drehe ich auf dem Absatz um und sehe zu, dass ich hier wegkomme.

ICH BRING DICH GROSS RAUS

»Was ist denn mit Ihnen los, Chef?«

Der Calabretta zieht die Augenbrauen zusammen.

»Sie sehen aus wie ein alter Panettone. Sie sollten vielleicht mal zum Arzt.«

»Geht schon«, sage ich. »Ich hab nur schlecht geschlafen.«

Hollerieth von der KTU wirft mir einen überheblichen Blick zu und streicht sich über seinen Schnurrbart. Pappnase. Schulle und Brückner sehen ähnlich scheiße aus wie ich. Ich weiß, dass sie freitagabends immer auf dem Kiez untergehen, die beiden müssten heute den Kater haben, den ich gestern hatte. Der Brückner kratzt sich permanent am Kopf, der Schulle kann kaum aus seinen roten Augen schauen. Herr Borger blättert in einem Fußballheft.

»Gehen Sie gleich ins Stadion?«, fragt er mich.

Ach Gottchen. Heute ist ja Fußball. Hatte ich total vergessen.

»Weiß ich noch nicht«, sage ich.

»Aber Sie können Ihre Freundin doch nicht alleine in der Kurve stehen lassen«, sagt er. »Sie gehen doch immer zusammen mit einer Freundin, oder?«

»Ja, äh«, sage ich, »meine Freundin ist nicht da.«

»Wo ist die denn?«, fragt Herr Borger und lächelt mich an.

»Weiß ich nicht«, sage ich, »ich weiß nicht, wo sie ist.«

Herr Borger zieht die Stirn kraus und sieht mich an, als wäre ich ein Patient. Der kann das riechen, wenn die Leute durcheinander sind. Ich tue so, als würde ich es nicht bemerken. Meine Paranoia geht hier echt keinen was an.

Die Tür fliegt auf, der Faller kommt rein und hat Betty Kirschtein im Schlepptau. Es tut gut, die beiden zu sehen. Der Faller ist frisch rasiert und wirkt aufgeräumt. Betty war beim Friseur und trägt ihre Haare jetzt kinnlang. Nicht schlecht. Irgendwie, na ja, flott.

Der Faller nimmt seinen Hut ab und fasst mir kurz an die Schulter, als er hinter mir vorbeigeht, dann setzt er sich neben den Calabretta, und Betty setzt sich neben den Faller, ich lächle die beiden an. Der Calabretta steht auf und gibt Betty über den Faller hinweg die Hand. Er setzt sein bestes Lächeln auf und sagt: »Wir kennen uns noch nicht. Vito Calabretta. Kripo.«

Verstehe. Sie gefällt ihm.

»Kirschtein«, sagt sie, »Gerichtsmedizin.«

Ihre Stimme wieder.

»So«, sagt der Faller. »Dann kann's ja losgehen.«

Herr Borger legt seine Zeitschrift weg.

Schulle wischt sich mit den Händen übers Gesicht, Brückner macht den Rücken gerade, Hollerieth starrt mich an. Was will der immer? Eines Tages, denke ich, eines Tages begegnen wir uns in einer dunklen Straße. Und dann hau ich dir eine rein.

»Ich fasse mal zusammen«, sagt der Faller. »Wir haben zwei tote junge Frauen. Beide waren Tänzerinnen im Acapulco. Die eine war vierundzwanzig, die andere neunzehn. Margarete Sinkewicz war eine ehemalige Kassiererin aus Cottbus, Henriette Auer eine Abiturientin aus Hamburg. Soweit wir wissen, gibt es außer der Tatsache, dass sie beide im gleichen Schuppen getanzt haben, keine Verbindung zwischen ihnen. Calabretta?«

»Margaretes Freundin Tatjana und die anderen Mädchen im Acapulco wissen nicht viel über Henriette. Sie war angeblich sehr zurückhaltend, und weil sie das mit der Tanzerei wohl heimlich gemacht hat, hat sie auch nicht großartig Kontakt zu den anderen Tänzerinnen gesucht. Die sagen, sie hätten den Eindruck gehabt, dass Henriette vor allem Geld verdienen und sich ansonsten raushalten wollte. Der Tod von Margarete hat die Mädchen irgendwie mehr mitgenommen. Sie schien ein außergewöhnlich liebenswerter Mensch gewesen zu sein, hat oft für ihre Kolleginnen gekocht, sich um sie gekümmert, wenn es mal einer nicht so gut ging, oder Geschenke mitgebracht. Ihre Freundin Tatjana sagt, Maggie hätte sich immer sehr um sie und die anderen Mädchen gesorgt. Männer hingegen hätte sie grundsätzlich auf Distanz gehalten, da wäre nicht mal ein Verehrer gewesen oder so was.«

»Aber so wie es aussieht«, sage ich, »sind beide Mädchen ja freiwillig mit ihrem Mörder mitgegangen. Das scheint mir dann gerade zu Margarete so gar nicht zu passen.«

Herr Borger lehnt sich zurück und nimmt seine Brille ab.

»Der Mann muss ihr äußerst vertrauenswürdig vorgekommen sein«, sagt er. »Oder es war jemand aus ihrer Vergangenheit, von dem niemand etwas wusste.«

»Das glaube ich nicht«, sagt der Faller, »wenn der Typ es auf alte Bekannte abgesehen hat, müsste es eine Verbindung zwischen Margarete und Henriette gegeben haben. Danach sieht es bisher überhaupt nicht aus. Ich denke, es war Zufall, dass ihm genau diese beiden Mädchen zum Opfer gefallen sind.«

»Ich schätze, unser Mann ist einfach ein smarter Typ«, sagt Herr Borger, »der bei jungen Frauen gut ankommt.«

»Oder einer, der ihnen was anzubieten hat«, sage ich.

»Richtig«, sagt Herr Borger. »Was wäre das denn so, für eine Frau, die in einem Stripladen an der Stange tanzt? Womit könnte man die locken?«

»Ich bring dich groß raus«, sagt Betty Kirschtein.

»Genau«, sage ich, »das kommt sicher gut an.«

»Ich wollte früher Fotograf werden«, sagt der Brückner, »damit ich genau das zu allen hübschen Mädchen sagen kann.«

»Suchen wir also nach einem Fotografen?«, frage ich.

»Vielleicht«, sagt Herr Borger. »Oder nach jemandem aus dem Showbusiness.«

»Hat inzwischen schon einer von euch mit den Freundinnen von Henriette Auer geredet?«, fragt der Faller.

»Haben wir gemacht«, sagt der Schulle. »Die hatten keine Ahnung von Henriettes Job. Sie dachten, sie geht zum Tanztraining. Ist ja auch nicht ganz falsch gewesen.«

»Hatte sie einen Freund?«, frage ich.

»Sie kam wohl gut an bei den Jungs, hat sich aber auf nichts eingelassen«, sagt der Schulle. »Ihre Freundinnen sagen, sie sei sehr ehrgeizig gewesen und hielt Typen für Zeitverschwendung.«

»Da würde diese Ich-bring-dich-groß-raus-Nummer doch ganz gut passen«, sagt Herr Borger.

»Mir kommt die Idee auch nicht so doof vor«, sage ich.

»Was ist mit dem gerichtsmedizinischen Befund von Henriette?«

»Alles im Prinzip genau wie bei Margarete«, sagt Betty Kirschtein. »Unser Täter scheint wirklich ein sehr klares Muster zu haben. Er hat ihr auch die gleichen Tabletten verabreicht, wieder Phenobarbital, wieder mit Gin. Wieder kein Geschlechtsverkehr und keine Kampfspuren, wieder ein Kabelbinder, wieder eine Art Teppichmesser, vermutlich ein und dasselbe Werkzeug. Es sieht aber fast so aus, als wäre er insgesamt etwas schneller vorgegangen. Als hätte er beim zweiten Mal besser gewusst, was er tut.«

»Was halten Sie davon?«, frage ich Herrn Borger.

»Das könnte passen. Vielleicht hat er gemerkt, dass das, was er da macht, ihm leichter fällt als er dachte. Aber wenn das so ist, dann ist da was aufgebrochen, und dann werden wir bald eine dritte Tote haben. Ich muss das leider so sagen. Wir haben nicht mehr viel Zeit.«

Der Schulle reibt sich wieder mit den Händen übers Gesicht, und ich mache das jetzt auch.

»Sonst noch irgendwas?«, fragt der Faller.

»Ja«, sagt der Hollerieth und räuspert sich. Alle schauen ihn an, und er genießt seinen Auftritt. »Wir haben Fußspuren und ein bisschen DNA.«

»Haare?«, frage ich.

»Richtig«, sagt der Hollerieth. »Diesmal hatten wir Glück mit dem Wetter.«

»Sind Sie sicher, dass die von ihm sind?«, fragt der Calabretta.

»Es war trocken und fast windstill gestern Morgen«, sagt der Hollerieth. »Keine Witterungseinflüsse, die uns was hätten kaputtmachen können. Und da sind ein paar kurze, hellbraune Haare an ihrem Hals und auf ihrem Oberkörper. Ich wüsste nicht, von wem die sonst sein sollten, Kollege Calabretta.«

Angeber.

»Bringen uns die Haare weiter?«, frage ich.

»Immerhin hätten wir seine Haarfarbe«, sagt der Faller. »Und wir können seine DNA durch den Computer jagen. Vielleicht ist er ja irgendwo schon mal aufgefallen.«

»Welche Schuhgröße hat unser Mann?«, frage ich.

»Ich würde sagen, dreiundvierzig«, sagt der Hollerieth.

»Dann wäre er ungefähr eins achtzig groß«, sagt Betty.

»Was macht er mit den Klamotten der Mädchen?«, frage ich und sehe Herrn Borger an.

»Er hebt sie auf«, sagt Herr Borger, »da bin ich mir ziemlich sicher. Genau wie ihre Haare. Und er hat für beides einen speziellen Platz.«

»Wissen wir irgendwas Besonderes über die Perücken, die er verwendet?«, frage ich.

»Wir haben alle Läden abgeklappert«, sagt der Brückner. »Solche Bühnenperücken gehen da pro Tag hundertmal über den Tisch, die werden genauso von Theatern gekauft, wie von Touristen und Prostituierten, da fällt es schwer, den Überblick zu behalten. Pech.«

»Gibt's was Neues über den toten Luden?«, frage ich.

»Da sind wir dran«, sagt der Brückner. »Dieser Basso hat für alle und jeden gearbeitet, hat sich regelmäßig mit den schlimmsten Jungs eingelassen, kam aber schon seit Jahren nicht raus aus seinem Status. Der Kiez hält geschlossen den Mund, wenn wir nach ihm fragen. Kann auch sein, dass diese Sache völlig unabhängig von unserem Fall gelaufen ist, und dass das nur oberflächlich ganz gut zusammenpasst. Basso war permanent in Schwierigkeiten. Ich werde mal Kontakt zu unseren V-Leuten aufnehmen. Vielleicht können die helfen.«

»Okay«, sage ich. Ich muss an Carla denken und schaue auf mein Telefon. Nichts. »Sonst noch irgendwas?«

Allgemeines In-die-Runde-Schauen, Köpfeschütteln. Hollerieth ist schon aufgestanden und packt seine Sachen zusammen.

Ich rauche auf dem Balkon noch eine mit Betty, sie isst einen Apfel dazu, der Calabretta beobachtet sie vorsichtig aus der Entfernung, der Faller raucht auch eine mit, und dann mache ich mich auf den Weg zum Stadion.

SCOTT UND JAMES

Über dem Millerntor hängen dicke Wolken. Ich schätze, es wird heute noch regnen. Ich habe frische Zigaretten gekauft, stelle mich auf unseren Stammplatz in der Südkurve, schaue den Jungs beim Warmmachen zu und tue so, als wäre nichts. Ich war seit Ewigkeiten nicht ohne Carla beim Spiel. Mein alter Bekannter, der Sozialhilfeempfänger, ist auch noch nicht da. Lassen mich heute alle sitzen, oder was?

Einmal war ich mit meinem Vater in Frankfurt im Waldstadion, da bin ich verloren gegangen. Ich war acht oder neun. Es war ein aufregender Tag, die Eintracht spielte gegen die Bayern, ganz Frankfurt war aus dem Häuschen. Mein Vater und ich standen unten am Zaun, damit ich besser sehen konnte. Mir war warm, ich hatte Durst, ich zeterte die ganze Zeit rum, weil ich eine Limonade wollte, aber auf keinen Fall auch nur eine Minute des Spiels verpassen. Mein Vater hat mir immer eine Menge zugetraut, und so hat er entschieden: Papa holt die Limonade, Tochter bleibt allein in der Fankurve, rührt sich aber nicht vom Fleck.

Die ersten fünf Minuten, in denen ich alleine war, blieb ich auch noch brav stehen. Aber dann ging ich ein Stückchen nach links, ich wollte näher zur Eckfahne. Ich war schon damals ein großer Fan des Eckballs, ich mag es einfach, wie die Flanke fliegt, wenn sie gut sitzt. Also noch ein Stück nach links. Und noch ein Stück. Und dann stieg ich ein paar Treppen hoch. Da waren aber plötzlich der Zaun und ein dicker Mann, und das versaute mir die Sicht, in genau dem Moment, als der Eintrachtspieler seine Ecke trat. Ich stieg noch ein paar Stufen hoch. Da war die Sicht super, aus der Ecke wurde ein Tor, großer Jubel, der nahm mich irgendwohin mit, und da blieb ich dann.

In der Halbzeitpause fiel mir mein Vater ein. Ich wollte zurück zu unserem Platz, fand ihn aber nicht mehr. Ich hatte keine Ahnung, wo wir gestanden hatten, alles sah so gleich aus. Ich kämpfte mich durch die Leute, nach rechts und wieder nach links, nach oben und wieder nach unten, aber meinen Vater fand ich nicht, und vom Spiel bekam ich auch nichts mehr mit, keine Ecken, keine Tore, keinen Jubel. Ich wusste, mein Vater irrt hier auch durch die Kurve und sucht mich, und alles nur, weil ich nicht auf ihn gehört hatte. Am Ende lief ich zum Kassenhäuschen, und mein Vater wurde ausgerufen.

Er war sofort da. Er schimpfte nicht, er nahm mich nur auf den Arm, und: er weinte. Später behauptete er immer, er hätte geweint, weil die Eintracht in der neunzigsten Minute noch ein Tor kassiert und dann doch verloren hatte.

Und jetzt fällt mir etwas von hinten um den Hals.

»Liebes! Schau mal, wen ich mitgebracht habe!«

Carla.

Oh mein Gott. Carla.

Sie sieht schlimm aus, verzottelte Haare, zerzaustes Gesicht, sie hat immer noch das dünne Kleid von vorgestern an, sie riecht nach Kneipe, aber sie strahlt. Ich kann es kaum fassen, dass sie hier ist, ich glaube es nicht, ich schaue sie einfach nur an, und ganz langsam begreife ich, dass es ihr gut geht und alles noch dran ist.

»Oh Mann«, sage ich. »Oh Mann. Wo warst du?«

»Ich war mit Scott und James unterwegs«, sagt sie.

»Wer sind Scott und James?«

Sie legt den Kopf schief und zieht zwei Typen zu sich ran, einen links, einen rechts, und sagt: »Das hier. Das sind Scott und James.«

Scott und James sind Schränke. Sie sind groß, breitschultrig, dunkelhaarig, sie tragen dünne Sweatshirts und Celtic Glasgow Schals, und sie sehen absolut identisch aus. Scott hat eventuell ein paar mehr Sommersprossen als James, und er ist auch einen Tick hübscher, wenn man angesichts dieser Vierschröter überhaupt von hübsch sprechen kann. Aber sie sehen sehr lustig aus, das muss ich ihnen lassen.

»Hey ya«, sagen sie fast gleichzeitig.

»Hey, you«, sage ich, etwas irritiert.

»Scott ist mein neuer Freund«, sagt Carla und küsst ihn, er erdrückt sie fast dabei. Aha.

»Ich konnte Donnerstagnacht nicht schlafen«, sagt sie, »und da bin ich irgendwann wieder aufgestanden und nochmal los, und dann hab ich die beiden in der Schanze getroffen, sie sind mit einem Schiff gekommen, aus Glasgow, weißt du, Schottland.«

»Mhm«, sage ich. Denkt sie jetzt, nur weil ich eventuell irgendwo in meiner amerikanischen Familie schottische Vorfahren habe, hilft mir das dabei, die Schränke sofort super zu finden?

»Okay ...?«, sage ich.

»Wir hatten eine super Nacht und einen tollen Tag«, sagt sie, »und dann hab ich bei den Jungs im Hotel geschlafen und, na ja, du weißt ja, wie sowas dann läuft, Schätzchen.«

Weiß ich nicht, ist aber auch egal, solange sie glücklich ist und am Leben, und das ist sie wohl.

»Bier?«, fragt sie.

Scott und James nicken, ich lehne ab, ich denke, es war

genug in den letzten Tagen. Mir wäre eher nach einer Tasse Tee, aber das will ich jetzt in der Öffentlichkeit so nicht sagen. Carla geht Bier holen, das Spiel fängt gleich an, und ich beginne langsam, mich insgesamt wieder besser zu fühlen.

»Yeah«, sagt James, und Scott sagt: »Yeah.«

Mir kommt das alles so verdammt merkwürdig vor, aber am Ende verliert Sankt Pauli wieder, und ich würde sagen: Meine Welt ist okay, wenn auch in einer etwas anstrengenderen Variante als sonst.

Zu Hause schaffe ich es nicht mal mehr, das Licht anzumachen. Ich kicke meine Stiefel in eine Ecke, lasse meinen Mantel, meine Jeans und meinen Pullover auf den Fußboden fallen und mich ins Bett, in einen tiefen, dunklen Schlaf.

Das Klopfen an meiner Tür höre ich zwar noch, aber es ist so weit weg, und weil ich weiß, dass Klatsche auch ohne mich klarkommt, tauche ich ab.

Du sollst einschlafen
hab ich gesagt
aber sie wollte nicht
sie hat die Augen nicht zugemacht
sie hat mich gekratzt und
sie war unfreundlich
sie hat nicht verstanden
dass es nicht geht wenn
sie nicht schläft
ich wollte ihr nicht wehtun aber
sie hat immer weiter gekratzt und
wie soll ich es denn machen wenn
sie die ganze Zeit kratzt und
dann hab ich
sie festgehalten und
die Kette um den Hals gemacht
und dann hat
sie doch geschlafen
wie ein Engel
mit dem rosa Haar und dann
hab ich sie an den Strand gelegt
wie einen Engel
dann konnte
sie sich ausruhen
wie ein Engel
das war
ja auch anstrengend und
das hat ihr dann gefallen
am Strand

DAS HERZ MEINES VATERS

Ich stehe in einem winzigen, dunklen Raum. Mein Vater steht neben mir, er ist sehr viel größer als ich, und er hält meine Hand. Wir sind allein. Ein dumpfes Dröhnen vibriert in meinem Körper. Direkt vor uns öffnet sich eine Tür in der Wand, hinter der Tür liegt ein schmaler Gang, durch den ein merkwürdig warmes und zugleich fahles Licht fällt. Die Hand meines Vaters wird unruhig, sie fängt an zu zittern und verschwimmt, sie wird weich und verliert ihre Kontur, es wird schwierig, sie weiter festzuhalten. Ich versuche es trotzdem, und irgendwie funktioniert es, aber es kostet Kraft. Am Ende des Gangs erscheint die Silhouette einer Frau in einem fließenden Kleid. Die Frau hat kein Gesicht, aber ich weiß: Sie sieht uns an. Und ich weiß, wer sie ist. Die Hand meines Vaters zerfließt in meiner Hand, die Frauengestalt dreht sich weg von uns und geht, sie entfernt sich immer weiter, sie verlässt uns, sie dreht sich nicht nochmal um, und irgendwann ist sie verschwunden. Die Tür geht wieder zu, aber durch den Türspalt kriecht noch ein bisschen Licht, eine Ahnung. Etwas fällt zu Boden. Es liegt zu meinen Füßen, es ist ungefähr faustgroß, es ist warm und nass und glänzend, es ist das Herz meines Vaters.

DA HINTEN STEHEN SCHON WIEDER TRAUERWEIDEN

Schön ist das nicht, so aufzuwachen. Mein Puls hackt genervt von innen gegen meinen Hals. Draußen ist es noch dunkel, aber die Vögel sind schon wach. Das hilft ein bisschen. Ich stehe auf, gehe ins Bad und dusche mir die Nacht von der Haut. Dann ziehe ich mich an und gehe raus auf die Straße.

Der Kiez ist leer, als hätte jemand die Menschen weggefegt. Nur der Müll liegt noch in der Gegend rum wie die Reste eines billigen Feuerwerks. So ist das oft an einem frühen Sonntagmorgen. Samstags scheint das Partyvolk nicht so lange durchzuhalten wie freitags, den meisten steckt auch noch der Donnerstag in den Knochen. Und die, die doch noch durchhalten, haben Tabletten genommen und verstecken sich hinter den Stahltüren der Frühclubs.

Ich schlage meinen Mantelkragen hoch, aber das ist mehr eine Geste. Es ist überhaupt nicht kalt, die Luft fühlt sich überraschend warm an. Der Himmel bricht langsam auf, bekommt feine, helle Risse, ich schicke einen Gruß nach oben. Hey, Dad. Wie geht's dir?

Natürlich erwarte ich keine Antwort, ich bin ja nicht bescheuert. Aber ich könnte gut mal mit ihm reden, ich könnte das echt gut vertragen. Verdammt, ich kann ihn nicht mal auf dem Friedhof besuchen. Er steckt in einer Wand in Belhaven, North Carolina. Nach seinem Tod hatte ich das Gefühl, es sei klug, ihn wieder dahin zu bringen, wo er herkommt, also habe ich ihm eine Heimreise spendiert. Und jetzt ist er dort, und ich bin hier und mir schon eine ganze Weile nicht ganz sicher, ob es richtig ist so. Denn ich werde im Leben nicht wieder nach Belhaven fahren. Belhaven ist ein verdammtes Scheißkaff.

Ich flog damals nach Washington, D.C., dann nahm ich den Zug nach Süden, im Gepäck hatte ich eine Urne und eine Flasche Wodka. Ich trank wirklich viel in diesen Wochen. Die vier Cousinen meines Vaters, irgendwie also meine Tanten, trugen bunte Kleider und Fönfrisuren, ihre Männer waren mürrisch und rotgesichtig, und alle tranken in einer Tour Bourbon. Ihre Kinder waren alberne Teenager mit quäkigen Stimmen, ich fand sie durch die Reihe zum Kotzen. In keinem dieser Menschen erblickte ich auch nur einen Hauch meines Vaters. Aber wenigstens gab es ununterbrochen Bourbon.

Die Beerdigung fand auf dem örtlichen Friedhof statt, unter Trauerweiden, es war schwül, die Cousinen trugen furchtbare Hüte auf ihren Frisuren, ein dicker Mann, eine Art Tenor, sang die amerikanische Nationalhymne. Die Trauergemeinde bestand vor allem aus Männern von der U.S. Army, die behaupteten *old friends* zu sein, ich hatte von keinem von ihnen je gehört. Im Geiste entschuldigte ich mich in einer Tour bei meinem Vater, denn er hätte die Veranstaltung gehasst. Ich hatte das Richtige tun wollen, aber alles daran war falsch. Ich hab ihn in ein Land zurückgebracht, in dem er schon lange nicht mehr zu Hause war, und ich hab ihn in eine Wand schieben lassen. Auf meiner Fensterbank wäre er sehr viel besser aufgehoben gewesen.

Nach der Beerdigung gab es fettiges Gebäck im Haus

von Cousine Grace und ihrem Mann Luke. Ich versuchte, mich mit den Leuten zu unterhalten, aber das ging nicht lange gut, und so ließ ich eine von Lukes Bourbonflaschen unter meinem Mantel verschwinden und verabschiedete ich mich von meinen Verwandten. Grace rief mir ein Taxi. Als sie mich umarmte, bekam ich kaum Luft und fing zum ersten Mal an diesem Tag an zu heulen.

»*Oh, Honey*«, sagte Grace und strich mir übers Haar, »*oh, Honey, take care, Honey*.«

Mehr wusste sie dann auch nicht zu sagen, wir kannten uns ja überhaupt nicht. Ich glaube, sie waren alle froh, als die tragikomische Figur aus Europa endlich wieder verschwunden war.

Ich ließ mich vom Taxifahrer zum einzigen Hotel in Belhaven bringen. Ich hatte mir von Deutschland aus ein Zimmer reservieren lassen, weil ich auf keinen Fall bei meinen Verwandten schlafen wollte. Aber als ich aus dem Taxi stieg, in der einen Hand meine Tasche, in der anderen Hand Lukes Flasche, dachte ich nur: Wow. Scheiße.

Das River Forest Manor sah aus wie Bates Motel im Südstaaten-Kostüm. Finster und furchteinflößend. Ich ging die mächtige Eingangstreppe hoch, zahlte beim Concierge 60 Dollar im Voraus, stieg in einen stinkenden Aufzug und versank in meinem Zimmer in einem dunkelroten Teppich. Ich stellte meine Tasche ab, zog die speckigen braunen Samtvorhänge zur Seite, machte das trübe Fenster auf, setzte mich auf die Fensterbank, atmete die schwüle Luft ein, ah, da hinten standen schon wieder Trauerweiden.

Ich setzte mir die Flasche an den Hals und setzte sie erst wieder ab, als ich wirklich nicht mehr konnte, dann legte ich mich auf die burgunderrote Tagesdecke, ohne mich auszuziehen, und dämmerte durch die Nacht.

Am Morgen hatte ich einen Geschmack im Mund, als hätte ich in ein Grab gebissen, dachte aber trotzdem für eine Minute darüber nach, meine Mutter in Wisconsin zu besuchen, immerhin war ich so nah bei ihr wie seit achtzehn Jahren nicht, seit sie mit diesem Vollidioten von Major abgehauen war und meinen Vater und mich hatte sitzen lassen. Ich stellte mir vor, wie es wäre, bei ihr zu klingeln, auszusehen, wie ich eben gerade aussah, und zu sagen: Hallo, ich habe gestern meinen Vater beerdigt, den Typen, mit dem du eine Tochter hast, erinnerst du dich? Der hat es nie verkraftet, dass du uns verlassen hast. Der ist an gebrochenem Herzen gestorben. Und so wie ich mich fühle, wünschte ich, ich wäre mit ihm gestorben. Was sagst du dazu?

Ich bin nicht nach Wisconsin gefahren. Ich habe den nächsten Flug zurück nach Frankfurt genommen, ich habe unsere Wohnung verkauft, ich habe mir ein kleines Dachgeschoss gemietet, und angefangen, Jura zu studieren, in den folgenden Jahren kultivierte ich meine immer stabiler werdende Bindungsangst. Schon vor dem Tod meines Vaters war ich nicht gerade eine Frau für unbeschwerte Liebesgeschichten gewesen. Nach seinem Tod aber hielt ich mich bestimmt für fünf Jahre erstmal von allem fern, was mich hätte in Gefahr bringen können. Und auch das, was ich danach hier und da mal versuchte, ist nicht wirklich der Rede wert. Ich würde sagen, ich bin eher der sperrige Typ: Fass das nicht an, dann kann es dich auch nicht berühren.

Ich frage mich immer mal wieder, was aus mir geworden wäre, wenn ich nach der Beerdigung in Belhaven geblieben wäre, wenn ich nur so aus Sentimentalität versucht hätte, dort ein Leben zu führen. Ich habe das in keinem Augenblick gewollt, aber so wie ich damals drauf war, meine Güte, da wäre alles möglich gewesen, vielleicht sogar, in North Carolina hängenzubleiben. Bevor ich Belhaven zum ersten und hoffentlich letzten Mal besucht hatte, war der Ort immer sowas wie eine Heimat in Gedanken gewesen. Ich hatte lange das Gefühl, dass ich da etwas hätte finden können, was es in meinem Leben nicht gab. Ein Zuhause.

Na ja.

Letztlich habe ich aus Belhaven zumindest viel Wissenswertes mitgenommen: 1. Wer nie ein Zuhause hatte, findet auch keins mehr. 2. Deine Verwandten sind nicht immer die beste Familie, die du kriegen kannst. 3. Das River Forest Manor ist das schlimmste Hotel der Welt.

Ich laufe und laufe und laufe und bin inzwischen am Elbstrand angekommen, die Elbe ist aufgewühlt, kracht ans Ufer. Es weht ein ziemlicher Wind, die Gräser an der Böschung liegen fast flach über den Steinen, und der Sand weht in kleinen Wirbeln hoch. Im Sommer liegen hier die Leute und sonnen sich und spielen Frisbee und grillen Sachen, dann ist die Hölle los, aber es ist eine schöne Hölle. Kann man sich jetzt gar nicht vorstellen, so einsam, wie der Strand daherkommt, so düster. Eigentlich müsste es längst richtig hell sein, doch inzwischen peitscht der Wind dunkle Wolken über den Himmel, die kein Licht durchlassen. Dieser Tag wird entweder ein Gewitter bringen oder im Dämmerzustand bleiben. Aber es ist okay, so durch den Sand zu laufen und die Elbe zu beobachten, sie tröstet mich, wie immer. Da hinten, wo es Richtung Meer geht, ist ein Containerschiff auf dem Weg zur Nordsee.

Manchmal, wenn man denkt, es wird gerade besser, wird es plötzlich noch viel schlimmer. Ich gehe schneller, damit ich es besser sehen kann. Da liegt was im Sand, vielleicht dreißig Meter von mir entfernt.

Er hat ihr eine rosa Perücke aufgesetzt, langes, glattes, glänzendes Plastikhaar, das sich in den Sand ergießt. Sie ist groß und athletisch, ihre Beine sind kerzengerade gestreckt, ihre Arme sind ausgebreitet. Ihre Augen sind geschlossen, ihr Gesicht schaut zum Himmel. Um ihren Hals läuft das scharfe Würgemal, das auch um Margaretes und Henriettes Hals lief.

Ich setze mich neben die tote Frau, hole mein Telefon raus und rufe die Kollegen im Präsidium an. Es fängt an zu regnen, schnell und heftig und ohne Gnade. Ich ziehe meinen Mantel aus, lege ihn über die Tote, bleibe bei ihr sitzen und warte, bis die anderen endlich kommen.

HÖLLE

Der Faller ist der Erste, der bei mir ist.

»Mein Gott, Chastity«, sagt er, »wie kommen Sie denn um diese Zeit hierher?«

Ich kann nicht sprechen. Ich kann ihn nur anschauen. Das Wasser läuft mir übers Gesicht, ich weiß nicht, ob es vom Regen kommt oder ob es vielleicht Tränen sind, aber das würde mich jetzt wundern. Seit der Beerdigung meines Vaters haben es meine Tränen nicht mehr bis an die Oberfläche geschafft.

Faller zieht mich hoch und hält mich unauffällig fest.

»Sie zittern ja«, sagt er.

Brückner und Calabretta kommen angestapft, sie haben die KTU und Herrn Borger dabei. Brückner trägt eine Baseballkappe, der Calabretta eine Corleone-Mütze, Herr Borger einen Regenmantel. Die KTU hat die üblichen weißen Overalls an, Hollerieth hat einen Regenschirm dabei, den er nicht aufmacht. Hat ja auch keinen Sinn, bei dem Wind.

»Na sowas«, sagt der Hollerieth und schiebt mich von der Leiche weg. Faller brummt und bleibt ganz dicht neben mir.

»Was zur Hölle machen Sie hier, Chas?«, fragt er nochmal und bietet mir eine Roth-Händle an.

»Ich konnte nicht schlafen«, sage ich, da schau her, ich kann ja wieder sprechen, »und dann bin ich ein bisschen spazieren gegangen.«

Brückner und Calabretta sind jetzt bei uns.

»Haben Sie die gefunden, Chef?«, fragt der Calabretta. Er hat noch was von seinem Croissant zwischen den Zähnen. Ich zünde mir die Zigarette an, die mir der Faller gegeben hat, und nicke.

»Schön ist das nicht«, sagt der Brückner und schiebt seine Cap nach hinten.

»Was sollte das mit dem Mantel?«, zischt der Hollerieth und hält mir meinen Trenchcoat unter die Nase.

»Weiß ich auch nicht«, sage ich, »es fing so plötzlich an zu regnen, und sie tat mir leid.«

Der Hollerieth schüttelt den Kopf.

»Mir tut's auch leid«, sagt er.

»Von mir aus können Sie den Mantel mit ins Labor nehmen«, sage ich.

Und so stehen wir im Regen und rauchen. Es ist kurz vor sieben. Ich fühle mich wie eine Pappfigur und kann überhaupt nicht denken. Aus dem Augenwinkel beobachte ich, was die Männer von der KTU mit der toten Frau machen. Gerade kleben die einen sie von oben bis unten mit einem breiten Tesafilm ab, die anderen durchkämmen die Umgebung, stellen Absperrungen auf und schießen Fotos.

»Scheiße«, sagt der Brückner, »ich glaube, da hinten kommt die Presse.«

Sieht so aus, als hätte der Patschinski auch nicht gut geschlafen und den ganzen Morgen Polizeifunk gehört. Wäre nicht gut, wenn der mich so sieht.

»Calabretta«, sagt der Faller, »bringen Sie die Chefin hier weg. Brückner, Sie bleiben am Tatort. Ich kümmere mich um unseren Freund von der Zeitung.«

»Danke«, sage ich zum Faller und nicke dem Calabretta zu.

»Schon okay«, sagt er.

Ich werfe nochmal einen Blick auf die tote Frau. Wie sie da so liegt, sieht sie aus wie ein Engel. Und alle, die hier sind, wissen, dass morgen der Teufel los sein wird.

ICH MACH HIER DEN FISCH

Der Calabretta hält mir die Beifahrertür seines Dienstwagens auf, ich steige ins Auto, er macht die Tür von außen zu. Es ist so, als würde alles nur mit mir geschehen, als könnte ich nie mehr selbst etwas tun.

Als der Calabretta eingestiegen ist und den Motor angelassen hat, sagt er: »Ich hab noch nie eine Leiche gefunden.«

»Keine Angst«, sage ich, »das kommt noch.«

Er starrt durch die Windschutzscheibe.

»Ich könnte einen Kaffee vertragen«, sagt er. »Was ist mit Ihnen?«

»Spitzenidee«, sage ich. »Wo?«

»Überraschung«, sagt er, wirft den Motor wieder an und fährt los Richtung Fischmarkt. Soweit ich weiß, liebt er den Fischmarkt und ist mit den meisten Händlern auf Du und Du.

»Calabretta«, sage ich.

»Ja?«

»Kein Aal und keine Zimmerpflanzen, okay?«

»Kein Güllefisch, keine Gummibäume, kein Touristenrummel. Versprochen. Nur ein guter Ort. Einverstanden?«

»Einverstanden«, sage ich.

Während wir fahren, lässt der Regen etwas nach. Und mir wird langsam klar, was passiert ist. Wir haben eine dritte tote Frau, und ich bin quasi über sie gestolpert. Wäre ich bloß im Bett geblieben.

»Ecco«, sagt der Calabretta, biegt unterhalb des Altonaer Balkons in einen Hof ein und hält an. »Wir sind da.«

Wir stehen vor der Lieferrampe einer Lagerhalle und einer geschlossenen Flügeltür aus Eisen.

»Wir sind da?«, frage ich.

»Los«, sagt er und springt aus dem Auto, »kommen Sie.«

Ich steige aus und streiche meine klammen Klamotten glatt. Der Calabretta klettert auf die Rampe und hämmert drei Mal mit der Faust gegen die Stahltür. Die Tür geht sofort auf. Ein kleiner Typ im weißen Kittel grinst uns an. Er hat schütteres dunkles Haar, eine Hakennase und funkelnde grüne Augen.

»Vito!«, ruft er.

»Totó!«, ruft der Calabretta, nicht weniger erfreut. Als wäre einer von beiden eben gerade von der Front heimgekehrt. Er winkt mich heran, reicht mir die Hand und zieht mich auf die Rampe.

»Chef«, sagt er, »darf ich vorstellen: Mein Freund Salvatore.«

Ich gebe Salvatore die Hand und lasse mich von seinem Lächeln und seinen schiefen kleinen Zähnen umhauen.

»Totó«, sagt der Calabretta zu seinem Freund Salvatore, »darf ich vorstellen: mein Chef.«

»Ah, Chef«, sagt Salvatore, und ich habe das Gefühl, dass er gleich – ja: Er breitet die Arme aus und herzt mich.

»Ich hab schon viel von Ihnen gehört, Chef. Ich mach hier den Fisch. Caffè?«

Calabretta und ich nicken synchron, und zum ersten Mal seit Tagen kommt es mir wieder so vor, als wäre das ich in meiner Haut. Salvatore verschwindet durch die Tür, Calabretta reibt sich die Hände warm und steckt sie in die Taschen seiner wie immer viel zu engen Lederjacke.

»Danke«, sage ich.

»Wofür?«

»Sie wissen schon«, sage ich, »für das hier. Das ist gut.«

»Ah«, sagt er, »ich kann das nur nicht ab, wenn eine Freundin traurig ist.«

Ich schaue auf meine Fußspitzen.

»Ich weiß«, sagt er, »es gibt Schmerzen, die kriegt man nie ganz weg aus der Brust, aber ein guter Kaffee lindert das alles ein bisschen, glauben Sie mir.«

»Macht es zumindest nicht schlimmer«, sage ich und knuffe ihn in die Seite.

Die Tür schwingt auf, und Salvatore kommt mit einem Tablett zurück. Auf dem Tablett stehen drei dicke weiße Espressotassen, und in den Tässchen schwimmt dunkles, zähflüssiges Zeug.

»Salute«, sagt der Calabretta.

»Salute«, sagt Totó.

»Cheers«, sage ich, und dann trinken wir.

Vielleicht haben der Commissario mit der Lederjacke und ich eben ein zartes Band geknüpft.

LOS, WIR FAHREN ANS MEER

Es hat aufgehört zu regnen. Vor meinem Haus laufe ich Klatsche über den Weg. Er hat eine Tüte Brötchen unterm Arm. Er fasst mir an die Schulter und gibt mir einen Kuss auf die Wange.

»Bist du nass geworden?«

Ich nicke.

»Warst du schon spazieren, oder was?«

Ich nicke.

»Kannst du noch sprechen?«

Ich nicke.

»Dann sag was.«

»Guten Morgen«, sage ich.

»Das glaube ich dir nicht«, sagt er.

»Wo willst du mit den Brötchen hin?«, frage ich.

»Zu dir«, sagt er. »Man kann am Wochenende mal zusammen frühstücken, wenn man befreundet ist, weißt du?«

»Hab ich schon von gehört«, sage ich.

»Okay«, sagt er. »Dann gehen wir jetzt zu mir, essen ein paar Sonntagsbrötchen und plaudern ein bisschen.«

»Okay«, sage ich.

Klatsches Bude ist eher ein Werkzeugmuseum als eine Wohnung. In jedem Zimmer hängen alle möglichen Dinge aus Metall an der Wand, von denen ich nicht weiß, wie sie heißen. Er sagt immer, er könne nichts dafür, er hätte nun mal ein Herz aus Stahl, und er behauptet, ohne sein Werkzeug fühle er sich unvollständig. Ich kann das irgendwie verstehen.

Sein wackeliger Küchentisch ist aus altem Krempel zusammengeschweißt, man muss ständig achtgeben, dass einem die Kaffeetasse nicht umkippt. Die Stühle sind aus derselben Kollektion, nur muss man da aufpassen, dass man nicht selbst umkippt.

Als ich ihm erzähle, was passiert ist, legt er sein Käsebrötchen weg. Seine Kaffeetasse wackelt.

»Wir fahren ans Meer«, sagt er.

»So'n Quatsch«, sage ich. »Ich hab echt was anderes im Kopf.«

»Genau«, sagt er. »Und das ist nicht gut. Heute ist Sonntag. Los, wir fahren.«

»Darf ich noch schnell rüber und mir die Zähne putzen?«

»Weil du's bist«, sagt er.

Als ich aufstehe, kippt meine Tasse um, und alles läuft über den Tisch.

GENAUER KANN MAN DAS NICHT SAGEN

Sieben Minuten später sitzen wir im Volvo. Zwei Stunden und drei Staus später sind wir an der Ostsee. Fünf Stunden und einen Strandspaziergang später stehen wir vor einem Fischkutter und essen Matjesbrötchen. Sechs Stunden und einen Kaugummi später küssen wir uns in den Dünen. Sieben Stunden später liegen wir da immer noch. Neun Stunden später steigen wir auf Sankt Pauli aus dem Volvo, halten uns an den Händen. Neun Stunden und fünfzehn Minuten später sitzen wir in einer Kneipe. Es ist halb acht an einem Sonntagabend.

Die Frau hinter der Theke hat rotes Haar, das zu Affenschaukeln geflochten ist. Wir bestellen heiße Schokolade. Der Tresen aus dunklem, altem Holz, da saßen schon Generationen von Menschen dran und haben sich festgehalten. Von der Decke baumeln plüschige Lampenschirme. Schummriges Licht. Es ist ein bisschen überheizt und riecht nach Zigaretten. Durch die beschlagenen Fenster kann man sehen, wie es draußen kalt wird.

Aber dann klingelt mein Telefon. Ich rutsche vom Barhocker und gehe vor die Tür. Brückner. Er klingt müde.

»Wie sieht's aus?«, frage ich.

»Unser Mann wird unvorsichtig«, sagt er.

»Heißt?«

»Er ist mit seinem Auto durch den Sand gefahren. Wir haben Reifenspuren. Die Spuren gehören zu einem Geländewagen, zu einem großen, schweren Ding europäischer Bauart, BMW oder Mercedes oder Porsche Cayenne.«

»Genauer kann man das nicht sagen?«, frage ich.

»Nein«, sagt er. »Aber es gibt jetzt ein paar arme Kollegen, die die Halter all der beschissenen Geländewagen dieser Stadt zusammensuchen.«

»Okay«, sage ich, »weiter?«

»Die Gerichtsmedizin sagt, diesmal hätte es einen Kampf gegeben. Die Tote hat jede Menge Hämatome, vor allem an den Oberarmen. Vermutlich hat er sich auf ihre Arme setzen müssen, um sie mit dem Kabelbinder zu erdrosseln. Und die DNA der Hautpartikel unter ihren Fingernägeln stimmt mit derjenigen der Haare überein, die wir an Henriette Auers Körper gefunden haben.«

»Haben wir die DNA in der Datenbank?«

»Fehlanzeige«, sagt er, »den kennen wir noch nicht.«

»Warum hat er sich auf einen Kampf eingelassen?«, frage ich. »Ich dachte, er ist schüchtern.«

»Könnte sein, dass das Barbiturat diesmal nicht so richtig gewirkt hat«, sagt er. »Betty Kirschtein sagt, wenn die Tote zum Beispiel tablettenabhängig war oder Epileptikerin, kann das gut sein. Um das rauszufinden, muss sie aber noch ein paar Tests machen.«

»Und was sagt Herr Borger dazu?«, frage ich.

»Er meint, es könnte auch sein, dass der Täter ungeduldig geworden ist und nicht warten konnte, bis sie bewusstlos war. In jedem Fall war es diesmal eine handfeste Angelegenheit.«

»Puh«, sage ich, »hört sich schlimm an.«

»Ja«, sagt der Brückner, verknittert.

»Was sagen die Ärzte zum Todeszeitpunkt?«

»Wie bei den beiden anderen Frauen, zwischen Mitternacht und vier Uhr morgens.«

»Wissen wir schon, wer sie war?«, frage ich.

»Ich war direkt im Acapulco«, sagt er. »Sie hat da getanzt.«

»Er wird wirklich unvorsichtig«, sage ich. »Wie hieß die Frau, und wie alt war sie?«

»Sandrine Janssen«, sagt er, »sie war 27, hat seit fast sechs Jahren auf dem Kiez getanzt. Sie war so was wie die Grande Dame des Acapulco. Die Mädchen dort sind inzwischen völlig von der Rolle und der Chef auch. Sie denken darüber nach, den Laden dichtzumachen.«

»Wir müssen sie dazu kriegen, noch ein paar Tage weiterzumachen«, sage ich, »wir beschatten das Acapulco ab sofort rund um die Uhr. Und abends, wenn da Betrieb ist, brauchen wir die Spezialisten. Schicken Sie zwei Männer hin?«

»Schon erledigt«, sagt er. »Die müssten gerade Stellung beziehen.«

ZIVILE EINHEITEN

Als ich aufwache, ist Klatsche schon weg, aber sein Hemd hängt über meinem Stuhl. Auf meinem Schreibtisch liegt ein Zettel:

Bin unterwegs.

Sehen wir uns heute Nacht?

Ich setze Kaffee auf, gehe unter die Dusche und mache mich durch den Regen auf den Weg ins Präsidium.

»Verdammtes Wetter«, sagt der Taxifahrer.

Ich antworte nicht und schaue aus dem Fenster, während wir durchs Schanzenviertel fahren.

Uns kommt ein alter Herr entgegen, auf einem blitzenden silbernen Klapprad, er trägt einen cremefarbenen, perfekt sitzenden Anzug, seine grauen Haare sind akkurat gescheitelt, er sitzt auf seinem Rad, als wäre es ein Turnierpferd und als wäre da oben die Sonne und nicht das ewige Grau. Dann ein ungefähr gleich alter Mann auf einem rostigen ockergelben Klapprad. Seine Klamotten sehen aus wie frisch aus dem Altkleidersack gezogen, er trägt mehrere Schichten kaputter Sachen übereinander und sieht immer noch sehr dünn aus. Auf dem Kopf hat er eine dunkelblaue Strickmütze, an den Seiten schauen verklebte braune Strähnen raus. Seine dicken Brillengläser sind so verschmiert, dass es ihm eigentlich unmöglich sein muss, die Straße zu erkennen. Jetzt ein junger Mann auf einem schwarzen Hollandrad. Über dem Vorderrad ist eine kleine Ladefläche angebracht. Auf der Ladefläche liegt ein Geigenkasten, daneben sitzt ein kleiner Junge, der einen roten Regenmantel anhat. Hinter ihm fährt eine Frau um die sechzig in einem elektrischen Rollstuhl. Sie hat einen Jeansanzug an, trägt eine riesige dunkle Sonnenbrille, ihre blondierten Haare sind zu einer Hochsteckfrisur aufgetürmt, an die Rückenlehne ihres Rollstuhls ist eine HSV-Flagge montiert, einsfünfzig auf einsfünfzig, und die Flagge weht im Wind.

Der Tisch im Soko-Büro sieht aus wie eine Kioskauslage, ich muss mir die Zeitungen gar nicht anschauen, um zu wissen, dass sie alle die gleichen Fragen stellen: Wie viele Frauen müssen noch sterben? Wann kommt der Irre endlich hinter Gitter? Wie unfähig ist unsere Polizei?

Calabretta liest das lokale Revolverblatt und ich sehe ihm an, dass es ihn trifft. Betty Kirschtein ist nicht da. Ich schätze, sie macht die Tablettentests, von denen der Brückner gestern gesprochen hat.

»Moin, Leute«, sage ich.

»Moin, Chef«, sagen die Leute.

»Schon Zeitung gelesen?«, fragt der Faller.

»Nein«, sage ich. »Wie schlimm ist es?«

»Sehr schlimm«, sagt der Schulle. »Wir sind die offiziellen Vollidioten.«

»Dann lassen Sie uns schnell weitermachen«, sage ich, »und allen zeigen, dass wir keine Vollidioten sind. Was wissen wir über den dritten Mord?«

»Das Wichtigste sind die Reifenspuren«, sagt der Brückner. »Und dass wir zweifelsfrei die Haut des Täters unter den Fingernägeln des Opfers haben.«

»Hat das Beschattungsteam von gestern Abend schon Meldung gemacht?«, frage ich.

»Ja«, sagt der Faller. »Denen ist niemand aufgefallen. Aber ein Team verbringt seine Abende jetzt ausschließlich im Acapulco. Wir haben mit dem Besitzer gesprochen, und er hat uns zugesichert, das Geschäft weiterlaufen zu lassen, trotz der Morde. Die Mädchen sind tapfer und stellen sich als Lockvögel zur Verfügung. Sie wissen, dass wir da sind, und wollen mit jedem mitgehen, der sie anspricht. Wenn er uns in die Falle tappen soll, muss das Acapulco mitspielen, und das ist denen auch klar. Sie wollen, dass der Kerl geschnappt wird.«

»Was noch?«, frage ich.

»Wir überwachen nicht nur das Acapulco, sondern auch alle anderen einschlägigen Tanzbuden, zur Sicherheit«, sagt Schulle. »Und seit einer Stunde sind mehrere zivile Einheiten unterwegs, die überprüfen die Reifen sämtlicher passender Geländewagen in Hamburg und sprechen mit den Haltern.«

»Bin ich froh, dass ich zu keiner zivilen Einheit gehöre«, sage ich.

Dann fahre ich in die Staatsanwaltschaft, nachdenken.

SAUBER

In meinem Büro sieht es aus, als hätte eine Bombe eingeschlagen. Es gibt hier keinen Putzdienst, weil ich nicht will, dass jemand außer mir in der Nähe meiner Unterlagen ist, das heißt aber, dass ich mich selbst um meine paar Quadratmeter kümmern muss. Weil ich das aber seit bestimmt zwei Monaten nicht mehr gemacht habe, liegt der Staub inzwischen in Schichten rum, der Papierkram stapelt sich in allen Ecken, und jede Menge Hamburger Wetter hab ich auch in mein Büro getragen. Okay, ich fang dann mal an, und dabei denke ich ein bisschen nach.

Zuerst die Akten, die müssen ins Regal.

Und da ist also dieser Mann, der Frauen skalpiert. Das macht mir offensichtlich Angst. So große Angst, dass ich bisher nicht in der Lage war, mich wirklich mit ihm zu beschäftigen. Ich renne nur als Anhang der Kripo durch die Gegend, und das, was mein eigentlicher Job ist, worin ich auch richtig gut bin, die Idee hinter den Ermittlungen zu sein, das gelingt mir nicht. Ich weiß, dass die Kollegen geduldig sind und daran gewöhnt sind, auch mal zu warten, bis mein Kopf hinterherkommt, aber ich verliere langsam die Geduld.

So, die Akten sind im Regal.

Jetzt die alten Zeitungen, die gehören in den Müll.

Drei Frauen sind schon tot, und dieser Basso, es muss aufhören, ich brauche eine Idee, ein Gefühl für den Täter, denn ich weiß: Wenn es mir erst gelungen ist, in meinem Kopf ein Gefühl für ihn herzustellen, schnappen wir ihn.

Das ist irrational, aber es funktioniert. Es hat bisher immer funktioniert. Ich muss nur meine Angst wegschieben und meine Vorstellungskraft aktivieren, für einen kurzen Moment in seine Welt, ihn mir wirklich ansehen. Keine Ahnung, woher ich das kann. Es ist mir einfach eines Tages aufgefallen, dass es geht. Ich glaube, es ist eine Kinderfähigkeit: Geschichten mit der Seele begreifen. Und aus irgendeinem Grund habe ich diese Fähigkeit beibehalten. Vielleicht, weil es in meiner Kindheit sonst nichts gab, was es wert gewesen wäre, rübergerettet zu werden.

Ich hole ein altes Staubtuch aus dem Schrank, in dem ich meinen persönlichen Kram habe, und wische erst den Schreibtisch ab, dann mache ich mich an die Fensterbänke und die Regale.

Er sieht sie also. Er sieht sie an. Er sucht sie aus. Etwas an ihr zieht ihn an. Das, was alle drei Opfer miteinander verbindet, ist ihre Schönheit, ihr schönes Haar. Tänzerinnen benutzen es, um ihre Bewegungen zu unterstreichen, um Schönheit zu vervielfachen. Er sieht also eine Frau an, die das hat: schönes Haar. Die Sehnsucht danach muss sehr groß sein, fast schmerzhaft, da muss eine große Lücke in ihm sein, ein Loch. Etwas, das so ein Loch reißen kann, war mal da, das hat es mal gegeben, sonst würde es ihm nicht so schrecklich fehlen.

Ich packe das Staubtuch wieder in den Schrank und hole den kleinen Handstaubsauger raus, den ich hier vor einiger Zeit mal gebunkert habe. Ich gehe auf die Knie und fange an, Stück für Stück den Fußboden zu saugen. Das wird eine Weile dauern.

Herr Borger hat gesagt, er tut es nicht um des Tötens willen, sonst würde er es anders tun, brutaler. Wer töten will, lässt Blut fließen. Das Blut bedeutet ihm nichts. Er will einfach nur ihre Haare.

Er spricht sie an. Freundlich, liebevoll, bewundernd. Das gefällt ihr, und sie lässt sich auf ein Gespräch ein. Sie geht sogar mit ihm mit. Was genau er zu ihr sagt, ist nicht wichtig. Wie er es sagt, das muss es sein, die Verehrung, die aus seinen Worten spricht, und die vermutlich vollkommen ehrlich ist. Er muss ein Typ sein, vor dem man keine Angst hat, sonst würde sie nicht mitgehen. Vielleicht wirkt er ein bisschen einsam, wie einer, dem man helfen möchte, und der ungefährlich wirkt, als könne man ihn locker in seine Schranken weisen, falls er doch zudringlich wird. Und er muss ganz anders sein als die Männer, mit denen diese Mädchen sonst zu tun haben, in ihrer rauen Welt. Einer, der angenehm auffällt, wirkt anziehend.

Er nimmt sie dorthin mit, wo er mit ihr alleine ist, er nimmt sie mit zu sich nach Hause. Vielleicht wohnt er ganz in der Nähe, gleich hier auf dem Kiez, das kennt sie auch, da fühlt sie sich sicher. Er bietet ihr was zu trinken an, einen Feierabenddrink, den nimmt sie gern, den kann sie jetzt gut vertragen. Er mischt Tabletten in den Drink und sieht sie an, während sie langsam wegdämmert. Wenn sie sich nicht mehr bewegt, nicht mehr auf seine Stimme reagiert, legt er ihr den Kabelbinder um den Hals und zieht ihn zu. Das tut er nicht gerne, das mag er nicht, aber er muss auf Nummer sicher gehen, dass er ihr nicht wehtut. Es geht auch schnell, mit so einem Kabelbinder, den muss man nicht lang festhalten, den zieht man einfach nur kurz zu. Vielleicht zuckt sie nochmal, vielleicht bäumt ihr Körper sich nochmal auf, er sieht nicht hin. Wenn es vorbei ist, zieht er sie aus, er will ihre Haut sehen, an ihr riechen, sie ganz nah bei sich haben, vielleicht legt er für einen Moment seinen Kopf auf ihre Brust. Dann holt er das Messer und tut ganz vorsichtig das, was er tun muss, Stück für

Stück nimmt er ihr Haar, und weil es vollkommen bleiben muss, muss er auch die Haut nehmen. Es wühlt ihn auf, er weiß, dass es falsch ist, aber er kann nicht anders. Wenn er das Haar hat, setzt er ihr die Perücke auf. Als wäre nichts passiert. Er hat ja gar nichts kaputt gemacht, sieht doch gut aus. Und dann bringt er sie weg, an einen Ort, der zu ihr passt, an dem es ihr gut gehen muss. Es ist, als würde er sie begraben, sich von ihr verabschieden.

Ihre Haare hebt er gut auf. Sie sind sein Schatz, sie füllen für einen Moment die grausame Lücke in seinem Leben, und für ein paar Tage geht es ihm ein bisschen besser. Der Druck ist erstmal raus.

Ich mache die Augen zu. Mein Herz klopft. Es ist so weit: Ich kann ihn mir vorstellen. Ich weiß, was er fühlt. Es ist schrecklich. Er leidet wie ein Hund und weiß überhaupt nicht, was mit ihm los ist. Ich könnte heulen.

Als ich meine Augen wieder aufmache, sitze ich auf dem Fußboden vor meinem Schreibtisch und muss sagen: Mein Büro ist eins A sauber jetzt.

WARUM TREFFEN SIE SICH MIT MIR

Carlas Café ist vollgestopft mit Menschen, Scott steht hinter der Theke, schneidet Croissants auf und belegt sie mit Käse und Schinken, und die traurige portugiesische Musik, die Carla so gern hat, weicht den Leuten die Birne auf. Scott wirft mir ein Lächeln zu, Carla kommt aus der Küche, nimmt meine Hand und zerrt mich in die Ecke vors Klo.

»Ist er nicht toll?«

Sie strahlt.

»Er arbeitet hier, als hätte er nie was anderes gemacht, er sagt, er will in Hamburg bleiben, und der Sex ist der Hammer, ich sag dir ...«

»Carla«, sage ich.

»Warum hast du mir eigentlich nicht erzählt, dass inzwischen noch zwei Mädchen ermordet wurden?«

»Du warst nicht da«, sage ich, »du warst auf Sauftour.«

Sie zuckt mit den Schultern.

»Und du? Was ist mit Zandvoort?«

»Nichts«, sage ich. »Ich hab Donnerstagnacht mit Klatsche geschlafen.«

»Oh«, sagt sie. »Das ist toll, ihr seid ein tolles Paar.«

»Wir sind ein komisches Paar«, sage ich. »Wenn wir eins sind.«

»Vielleicht überlegst du dir das schnell mal«, sagt sie, »schau mal, wer da kommt.«

Ich drehe mich um. Zandvoort steht in der Tür. Er trägt

einen hellgrauen Sharkskin-Anzug und einen schwarzen Schal und lächelt minimal. Er sieht gut aus.

»Stimmt«, sage ich, »ich sollte ihm klarmachen, dass bei mir nichts zu holen ist.«

»Und ich sollte dir einen Kaffee bringen«, sagt sie.

Zandvoort setzt sich an einen Tisch am Fenster. Ich gehe zu ihm rüber und sage: »Hallo.«

Carla bringt mir meinen Kaffee.

»Ich nehme auch einen«, sagt Zandvoort.

Seine Stimme klingt belegt. Er lehnt sich zurück.

»Was ist?«, frage ich und setze mich.

Er holt ein schwarzes Zigarettenetui aus seiner Jackentasche und legt es auf den Tisch.

»Warum treffen Sie sich mit mir?«, fragt er. »Ich hatte nicht erwartet, dass Sie hier sind.«

Ich trinke einen Schluck von meinem Kaffee und sage: »Ich bin immer hier. Warum treffen Sie sich mit mir?«

»Keine Ahnung«, sagt er.

Carla bringt ihm eine Tasse Kaffee.

»Sehen Sie«, sage ich, »ich auch nicht.«

»Kommen Sie heute Abend zu mir zum Essen«, sagt er, »so gegen sieben. Das Okzidental hat spielfrei, ich könnte also.«

»In Ordnung«, sage ich, und der Himmel weiß, was mich da gerade reitet. Vielleicht wollte ich nur mal sehen, wie er reagiert, wenn man ihn überrascht.

Er reagiert kühl und trinkt in aller Ruhe Kaffee.

Später, auf dem Weg in die Staatsanwaltschaft, rufe ich meine Sekretärin an und bitte sie, mir ein bisschen was über Zandvoort zusammenzusuchen. Wenn es mir schon nicht gelingt, ihn auf Distanz zu halten, will ich wenigstens wissen, wen ich da genau vor mir habe. Und als ich in meinem wahnsinnig sauberen Büro ankomme, liegen auf meinem sehr ordentlichen Schreibtisch schon ein paar Fotokopien von Zeitungsausschnitten. Zandvoort war mal ein hochgehandelter junger Regisseur. Er arbeitete eher an kleinen Bühnen als in großen Häusern, aber das war alles sehr respektabel, er galt als extrem talentiert. Dann kam ein Knick, vor ungefähr zwanzig Jahren, das Interesse an ihm nahm ab, seine Inszenierungen wurden offenbar langweilig, eine Kritikerin nannte sie »selbstgerecht«. Vor sieben Jahren übernahm er dann eine Intendanz in Aachen, seiner Heimatstadt. Und seit einem halben Jahr macht er das Okzidental. Er hat in einem Interview gesagt, das sei »ein wahnsinnig spannendes Projekt«, aber das ist natürlich Mumpitz. Ich frage mich, was er hier will und warum er nicht einfach in Aachen geblieben ist.

EIN RICHTIGES SCHEISSLICHT

Um kurz nach sieben stehe ich vor Zandvoorts Haus. Ein Neubau aus Stahl und Glas, beeindruckendes Ding, beste Hafenhanglage. Sowas kostet eine Menge Geld. Wie viel verdient man eigentlich als Intendant eines Kieztheaters? Ich stehe hier jetzt schon seit fünf Minuten und kann mich nicht entscheiden, ob ich klingeln oder wieder gehen soll. Aber irgendwas in meinem Kopf sagt: klingeln. Ich klingele also bei *C. Zandvoort,* und die Tür schnappt sofort auf. Hat der mich jetzt beobachtet? Und wenn ja, von wo?

Ich fahre mit dem Aufzug in den fünften Stock.

Zandvoort steht in schwarzem Pulli und schwarzer Hose in seiner Wohnungstür. Neben der Tür führt eine Wendeltreppe zu einer weiteren Wohnung. Unten an der Haustür war Zandvoorts Namensschild das oberste.

»Ich hatte schon befürchtet, Sie würden nie klingeln.«

Ich sehe ihn irritiert an, er bittet mich rein, ich registriere die Sprechanlage neben der Tür und verstehe: Direkt neben dem Hörer ist ein kleiner Bildschirm, der die Straße zeigt.

»Sie sahen aus, als hätten Sie Sorge, verfolgt zu werden«, sagt er.

»Sollte ich?«, frage ich, ziehe meinen Mantel aus und drücke ihn Zandvoort in die Hand.

»Nicht, dass ich wüsste«, sagt er und hängt meinen Trenchcoat an die Garderobe. Der Flur ist nicht groß, dafür aber kühl und abweisend, außer der Garderobe und uns gibt es hier nichts.

Im Wohnzimmer steht ein großer Stahltisch, auf dem Tisch steht ein fünfarmiger Kerzenleuchter aus Chrom. Die Kerzen beleuchten Sushi für mindestens hundertfünfzig Euro. Ich mag rohen Fisch, aber ich finde es unangenehm, wenn jemand gleich so auffährt. Meinetwegen hätte es auch eine Pizza getan.

»Schick«, sage ich.

Er geht zum Tisch und nimmt zwei gefüllte Gläser in die Hand.

»Ich hoffe, Sie mögen Champagner.«

Ehrlich gesagt: nein.

Er drückt mir ein Glas in die Hand.

»Danke«, sage ich und trinke, bevor er mit mir anstoßen kann. Ich habe das plötzliche Bedürfnis, maximal unhöflich zu sein. Zandvoort schaut dementsprechend pikiert. Vielleicht ist er kurz davor, mich in hohem Bogen wieder rauszuwerfen, und, na ja, mir wäre das ganz recht. Ich gehe zum Fenster, einer breiten Glasfront von der Decke bis zum Boden. Hafen, Docks, Schiffe, Container. Nicht schlecht.

»Schöner Blick«, sage ich.

»Ich weiß«, sagt er, und ich kann spüren, wie er meine Schultern mustert. Ich fühle mich unsicher mit dem dunklen, glatten Granitboden unter meinen Füßen, ich bin umgeben von anthrazitfarbenen Wänden, über mir hängen graue Decken mit eingelassenen Strahlern. Irgendetwas lässt mich erschauern.

»Ist Ihnen kalt?«

Er steht plötzlich ganz dicht hinter mir.

Ich trete ein Stück zur Seite.

»Haben Sie eine Zigarette?«, frage ich.

»Selbstverständlich«, sagt er, geht zum Esstisch und zieht eine Schublade auf.

»Was möchten Sie?«, fragt er, »Dunhill, Marlboro?«

»Lucky Strike?«, frage ich.

»Sie haben Glück«, sagt er und hält eine Packung Luckies in die Höhe. Was ist da in der Schublade? Ein Kippenautomat? Er gibt mir eine Zigarette und Feuer.

»Danke«, sage ich und ziehe den Rauch tief in meine Lungen.

»Haben Sie Kinder?«, fragt er.

»Nein.«

»Geschwister?«

»Nein.«

»Einen Ex-Mann?«

»Nein.«

»Mögen Sie Ihren Job?«

»Meistens.«

»Was tun Sie am liebsten, wenn keiner zusieht?«

»Umfallen«, sage ich.

»Sind Sie krank?«

»Was soll das werden?«, frage ich. »Ein Quiz?«

»Ich versuche nur«, sagt er, »Sie ein bisschen kennenzulernen.«

»Vergessen Sie's«, sage ich.

»Lassen Sie uns essen.«

Es klingt wie ein Befehl.

Ich gehe zum Tisch und setze mich auf einen Stuhl an der Stirnseite. Schon wieder komme ich mir in seiner Gegenwart vor wie Beute. Warum bin ich hergekommen?

Er setzt sich an die andere Seite des Tisches. Uns trennen gut drei Meter.

»Bedienen Sie sich, bitte«, sagt er.

Ich nehme mir etwas Lachs und zwei scharfe Thunfischröllchen von der Platte, die direkt vor mir steht. Er greift zu Sepia und Kaviar.

»Oh«, sagt er, »pardon«, er steht auf, geht in die Küche und kommt mit zwei Gläsern und einer Flasche Chardonnay zurück.

»Weißwein, wenn ich mich recht erinnere?«

Es ist, als hätte Zandvoort sein Gesicht um ein Lächeln ergänzt. Ich frage mich, was er in der Küche gemacht hat.

»Ja, danke«, sage ich, und als er wieder sitzt, versuche ich es auch nochmal mit Höflichkeit, es muss doch möglich sein, hier einfach zu sitzen und miteinander zu Abend zu essen, Millionen Menschen tun das jeden Tag.

»Wie läuft's im Theater?«, frage ich.

»Was genau wollen Sie wissen?«

»Ist es ausverkauft?«, frage ich. »Schaffen Sie es, den Laden wieder auf Glanz zu polieren?«

»Die Vorstellungen sind voll«, sagt er und steckt sich ein Stück Tintenfisch mit Reis in den Mund. »Gehen Sie ins Theater?«

»Nein«, sage ich. »Theater ist nicht so mein Ding.«

»Was ist denn ihr Ding?«

»Fußball«, sage ich, »das wissen Sie doch.«

Ich entspanne mich etwas.

»Und wofür interessieren Sie sich noch?«, fragt er.

»Für Kriminelle«, sage ich. Dann beende ich die erneute Fragestunde mit einer Doppelscheibe Lachs. Zandvoort beobachtet mich beim Kauen, und meine Anspannung wächst sofort wieder, sein Gelauere geht mir unglaublich auf den Keks, und nur, weil ich noch einen Rest Erziehung in mir habe, spucke ich den Lachs nicht einfach wieder aus. Aber ich suche jetzt ernsthaft nach einer eleganten Möglichkeit, schnell von hier zu verschwinden.

Es ist alles so unangenehm.

Zandvoort schaut zur Tür, und plötzlich scheint *ihm* irgendetwas sehr unangenehm zu sein.

»Hallo, mein Junge«, sagt er. Seine Stimme klingt eisig.

Ich habe nicht gehört, dass jemand reingekommen ist. Ich drehe mich um. Auf der Schwelle zum Wohnzimmer steht ein vielleicht achtundzwanzigjähriger Mann in einem dünnen dunkelblauen Pulli und einer ausgewaschenen Jeans. Er hat kurzes braunes Haar, ein schmales, blasses Gesicht und einen hübschen Leberfleck rechts über der Oberlippe. Das ist der Junge von den Landungsbrücken. Er wirkt wie ein Fohlen im Panthergehege.

»John«, sagt Zandvoort, »ich habe Besuch.«

Der Junge sagt nichts, er sieht mich nur an.

»Hallo«, sage ich.

Ich versuche ein Lächeln, aber es funktioniert nicht. Seine Wirkung auf mich ist nicht ganz so dramatisch wie am Freitag, als ich ihn da auf dem Poller kauern sah, aber irgendwas in mir schreit, wenn ich ihn sehe. Er dreht sich ungeschickt um die eigene Achse und verschwindet so schnell, wie er gekommen ist. Hat der mich jetzt erkannt oder nicht?

»Entschuldigen Sie«, sagt Zandvoort, »mein Sohn ist ein Stockfisch.«

»Er wirkt ein bisschen verstört«, sage ich.

»Ach«, sagt Zandvoort und wendet sich wieder seinem Sushi zu. Es ist, als wäre der Junge überhaupt nicht hier gewesen.

»Wo ist seine Mutter?«, frage ich.

»Tot«, sagt er.

»Oh«, sage ich.

»Autounfall, vor gut zehn Jahren. Wir hatten uns ein Jahr zuvor kennengelernt und gerade geheiratet.«

Vermutlich schaue ich etwas irritiert, ich könnte schwören, dass der Junge eben deutlich älter als elf war.

»Er ist nicht mein leiblicher Sohn«, sagt er. »Ich habe ihn nach dem Tod seiner Mutter adoptiert. Es gab keine Verwandten, er hätte sonst in ein Heim gemusst.«

»Das war sehr großzügig von Ihnen«, sage ich, »ihn zu sich zu nehmen. Das würden nicht alle tun.«

»Erzählen Sie ihm das mal«, sagt er. »Er dankt es mir nicht.«

Hoppla.

»Lebt er hier mit Ihnen?«, frage ich.

»Er wohnt unterm Dach«, sagt er, »und er arbeitet als Beleuchter an meinem Theater. Na ja. Er macht ein richtiges Scheißlicht, um ehrlich zu sein.«

So. Es reicht jetzt dann doch. Ich lege meine Stäbchen weg und stehe auf.

»Wissen Sie was«, sage ich, »ich sollte gehen.«

Er lehnt sich zurück, trinkt einen Schluck Wein und sagt: »Ach ja?«

»Ja«, sage ich.

»Sie enttäuschen mich«, sagt er, »ich dachte, Sie hätten mehr zu bieten.«

»Tja«, sage ich, »Pech gehabt.«

Ich gehe zur Garderobe und nehme meinen Mantel. Kurz bevor ich die Tür hinter mir zumache, höre ich noch, wie Zandvoort sagt: »Wir sehen uns, Chastity.«

Ich nehme die Treppe nach unten, und als ich durch die Haustür bin, sehe ich auf der anderen Straßenseite einen Geländewagen stehen, der da vorhin noch nicht stand. Es ist ein Porsche Cayenne.

Ich schreibe mir das Kennzeichen auf, man weiß ja nie.

LEITMOTIV

In meiner Straße setze ich mich auf eine Bank und rauche eine Zigarette. Bei Klatsche brennt noch Licht.

KENNZEICHEN

Das Licht blinzelt durch die Vorhänge. Klatsches Gesicht ist voller Zuneigung und Leichtigkeit, und seine Haare stehen in alle Richtungen vom Kopf ab.

»Ich muss los«, sage ich, »ich muss sofort ...«

»Bullshit«, sagt er, steht auf und zieht die Vorhänge zur Seite, um den Tag ins Zimmer zu lassen. Er geht in die Küche und macht Kaffee, ich höre ihn mit dem Espressokännchen hantieren und beobachte die Möwen vor dem Fenster. Gegen manche Dinge kann man sich nur sehr schlecht wehren.

Auf dem Weg zum Präsidium rufe ich Schulle an.

»Chef«, sagt er.

»Sind Sie schon im Präsidium?«

»Selbstverständlich.«

»Können Sie mir einen Gefallen tun?«, frage ich.

»Klar«, sagt er.

»Es müsste mal jemand ein Kennzeichen überprüfen.«

»Mach ich«, sagt der Schulle.

Ich gebe ihm das Kennzeichen des Geländewagens durch, den ich gestern Abend vor Zandvoorts Haus gesehen habe. Er verspricht, mich gleich wieder anzurufen. Zehn Minuten später klingelt mein Telefon.

»Ich hab den Halter«, sagt er.

»Und?«

»Die Karre war bis vor einem halben Jahr noch in Aachen zugelassen. Sie gehört einem Claudius Zandvoort.«

»Wow«, sage ich.

»Was?«, fragt der Schulle.
»Nichts«, sage ich, »danke.«

WAS AUFTREIBEN

Der Faller sitzt in seinem Büro und wühlt in ein paar staubigen Akten, die aussehen, als wären sie fünfzig Jahre alt. Als er mich in der Tür sieht, klappt er sie zu.

»Was sind das für Akten?«, frage ich.

»Erzähle ich Ihnen später«, sagt er, greift zum Telefon und ruft die Jungs von der Observation an. Er sagt ihnen, dass ich da bin, und bittet sie, mal eben vorbeizukommen.

»Wie geht's Ihnen, Chas?«, fragt er.

»Das«, sage ich, »erzähle *ich* Ihnen später.«

Er lächelt und zündet sich eine Roth-Händle an.

Dann geht die Tür auf. Die Beschatter sind da. Die Typen sind so irre, ihr Chef scheint seine Männer nach Look einzustellen. Je nachdem, ob ihr Aufgabengebiet in Blankenese oder in Sankt Pauli liegen soll. Die beiden, die ins Acapulco abgestellt sind, sind perfekt für ihren Job. Der eine ist um die fünfzig und sieht aus wie ein abgehalfterter Geschäftsmann. Er trägt einen zerschlissenen marineblauen Anzug mit zu kurzen Hosenbeinen, und seine sich lichtenden dunklen Haare hat er über den Glatzenansatz gekämmt. Er ist frisch rasiert, hat sich aber ein paarmal geschnitten. Der andere muss so Ende dreißig sein. Er sieht aus wie ein Boxer, er ist athletisch, seine Nase ist schon eifrig gebrochen worden, er trägt ein enges graues Sweatshirt und eine ebenso enge Jeans. Seine Haare sind kurz, dicht und dunkel, Modell Pelzmurmel. Sie grinsen beide etwas schäbig, als sie uns begrüßen. Sie sind sich ihrer Wirkung absolut bewusst.

»Wow«, sage ich. »Laufen Sie immer so rum?«

»Ist praktischer«, sagt der im Anzug.

»Allzeit bereit«, sagt der andere.

Der Anzugmann heißt Pliquett, der Boxertyp Lechner.

»Wie war's gestern im Acapulco?«, fragt der Faller.

»Beeindruckend«, sagt der Pliquett.

»Also«, sagt der Lechner, »wenn ich eine dieser Damen wäre, würde ich keinen Fuß mehr auf diese Bühne setzen. Aber sie ziehen das Ding echt durch.«

»Wissen die eigentlich, wer Sie sind?«, frage ich.

»Nein«, sagt der Pliquett, »wir bleiben immer anonym. Aber sie wissen, dass jemand da ist.«

»Ist Ihnen gestern jemand aufgefallen?«, fragt der Faller.

»Nein«, sagt der Lechner, »der Laden war so gut wie leer, außer uns waren nur drei Typen vom HSV da, und um zehn war Schluss. Montag eben. Die Mädchen wurden von Kollegen in Zivil nach Hause begleitet und sind alle sicher in ihren Wohnungen gelandet.«

Pliquett zuckt mir den Schultern.

»Wann sind Sie heute Abend da?«, frage ich.

»Ab acht«, sagt der Lechner.

»Vielleicht tauch' ich auch mal auf«, sage ich, »wundern Sie sich dann bitte nicht.«

»Ich hab da schon von gehört«, sagt Lechner, »dass Sie Ihre Füße nicht gut stillhalten können.«

»Fällt mir schwer«, sage ich.

»Ich geb Ihnen Bescheid, wenn bei uns mal ein Job frei ist«, sagt er.

»Okay«, sage ich, »dann bis später, die Herren.«

Pliquett sagt: »Auf jeden Fall.«

Der Faller und ich machen uns auf den Weg zu Schulle

und Brückner, und ich bin froh, dass wir zu zweit sind. Alleine gehe ich in diesem sternförmigen Ding von Polizeipräsidium regelmäßig verloren, hier sieht jeder verdammte Gang gleich aus, und irgendwie läuft man immer entweder im Kreis oder gegen eine Wand.

»Gehen Sie heute mit mir Mittag essen?«, fragt der Faller. »Ich muss was mit Ihnen besprechen.«

»Ich hätte auch was. Sportbude?«

Die Sportbude ist ein Würstchengrill neben einem Fußballplatz gleich hinterm Präsidium. Unsere inoffizielle Kantine. Ungesund, aber ausgezeichnet.

»Sportbude«, sagt er.

Schulle und Brückner sitzen an zwei gegenüberliegenden Schreibtischen, sie haben sich ihr Büro mit Scorsese-Filmplakaten und Stadtplänen gemütlich gemacht. Draußen vor dem Fenster ist Alsterdorf. Grüne Wiesen, hohe Bäume, Reihenhäuser, Vorstadtszenerie.

Der Faller setzt sich an den Tisch, an dem sonst die Leute zur Vernehmung sitzen, ich lehne mich an den Aktenschrank, weil ich den Fragentisch nicht mag.

»Wie sieht's aus?«, fragt der Faller.

»Wir haben erste Rückläufe wegen der Geländewagen«, sagt der Schulle. »Calabretta koordiniert das dankenswerterweise und ist mit den Einsatzkommandos unterwegs. Fast alle bisher in Frage kommenden Halter haben Alibis für die Tatzeit des letzten Mordes, bis auf eine junge Frau aus Eppendorf und einen gehbehinderten älteren Herrn aus Othmarschen. Die beiden passen aber weder zu den gefundenen Fußabdrücken noch zu unserem Täterprofil.«

»Was ist mit dem Halter des Wagens, dessen Kennzeichen ich Ihnen heute Morgen durchgegeben habe?«, frage ich.

»Claudius Zandvoort«, sagt der Schulle, »ja, der war bis zwei in seinem Theater, dem Okzidental. Er ist da der Intendant. Und danach war er zu Hause. Sein Sohn hat das bestätigt.«

»Das Okzidental?«, fragt der Faller. »Das ist doch dieses alte Kieztheater, oder? Da wäre der Typ ja zumindest in Tatortnähe gewesen.«

»Na ja«, sage ich und starre aus dem Fenster.

»Chas«, sagt der Faller, »ist was?«

»Das Alibi ist keinen Pfifferling wert«, sage ich. »Der Sohn arbeitet als kleiner Beleuchter am Theater seines Vaters, ist komplett von ihm abhängig und scheint eher sowas wie sein Untergebener zu sein. Der bestätigt alles, was sein Vater sagt.«

Die drei Männer im Raum schweigen und sehen mich irritiert an.

»Kennen Sie diese Leute?«, fragt der Faller.

Ich nicke.

»Wollten Sie darüber mit mir reden?«, fragt er weiter.

Ich nicke wieder.

»Ich war gestern Abend in der Wohnung des Mannes«, sage ich, »wir haben uns bei Carla kennengelernt. Aber er wurde mir irgendwann unheimlich. Ich hatte das Gefühl, mit dem stimmt was nicht.«

»Wir sollten den Kerl beobachten lassen«, sagt der Faller.

»Ja«, sage ich, »er ist groß, er ist kräftig, er fährt einen Porsche Cayenne, und er ist ein totales Arschloch.«

»Mein Güte, Chas«, sagt Faller, »was haben Sie denn bei so einem in der Wohnung gemacht?«

»Ich weiß es nicht«, sage ich. Ich weiß es beim besten Willen nicht.

»Wir lassen den Typen sofort überwachen«, sagt er, »Schulle, kümmern Sie sich darum?«

Schulle nickt.

»Und Brückner«, sagt Faller, »haben Sie Kontakt mit den V-Leuten aufgenommen? Wir brauchen endlich mal einen Hinweis, was den Mord am Basso angeht.«

»Heute Morgen hat mich jemand angerufen«, sagt der Brückner. »Angeblich hat der Basso versucht, eine Schutzgeldnummer aufzuziehen, konnte aber nirgends landen. Sein Tod könnte durchaus damit zu tun haben. Auch, wenn er nichts an Land gezogen hat, ist er ein paar Leuten sicher gehörig auf den Sack gegangen.«

»Und mit wem sollten wir da vielleicht mal reden?«, frage ich. »Hatte der irgendeinen Tipp für uns?«

»Der Basso hatte einen Freund«, sagt der Brückner, »so einen Vogel aus der Boxszene. Der will eigentlich Profi werden, aber es klappt nicht richtig. Einige sagen, er hing in der Schutzgeldsache mit drin. Aber der hat sich verzogen, den will seit dem Mord keiner mehr gesehen haben. Vermutlich hat er Schiss. Entweder vor uns oder vor den Leuten, die den Basso auf dem Gewissen haben. Heiner Matzen. Wäre gut, wenn wir den auftreiben könnten.«

»Sollen wir beide später zusammen nach St. Pauli?«, frage ich.

»Jederzeit«, sagt der Brückner.

»Okay«, sage ich, »ich bring uns ein bisschen Kiezverstärkung mit.

Der Brückner weiß nicht so recht.

UNTERM BAUM STEHEN UND WEINEN

Die Sportbude stinkt heute so dermaßen nach Frittenfett, dass wir draußen auf unser Essen warten. Schaschlik ist für den Faller, doppelte Pommes für mich.

»Also«, sagt der Faller, »was ist das für eine Geschichte mit diesem Zandvoort? Und warum wusste ich nichts davon?«

Über seinem Kopf raschelt ein rot-weißer Bastschirm.

»Das war privat«, sage ich. »Er hat mich bei Carla angequatscht und ein bisschen an mir rumgebaggert. Und aus irgendeinem Grund bin ich drauf eingestiegen, zumindest am Anfang. Aber das war dann auch schnell vorbei.«

Unser Essen kommt. Ich lasse meine Fritten noch ein bisschen abkühlen, der Faller schiebt sein Schaschlik vom Spieß.

»Was ist dieser Zandvoort denn für ein Typ?«, fragt der Faller.

»Er ist ein bisschen wie ein verkleidetes Raubtier«, sage ich. »Er sieht wirklich gut aus, aber er hat was Lauerndes, es ist nichts Warmes oder Nettes an ihm. Ich weiß auch nicht.«

Ich stecke mir eine Pommes in den Mund.

»Ehrlich gesagt traue ich ihm eine Menge zu, aber dass er sich die Finger mit hässlichen Frauenmorden schmutzig macht, dann doch irgendwie nicht. Der wäre eher der Typ für einen Auftragsmord.«

Wow, die Fritten sind super.

»Haben Sie noch Kontakt zu ihm?«, fragt Faller.

»Nein«, sage ich. »Aber wenn Sie wollen, treff ich mich nochmal mit ihm und fühl ihm auf den Zahn.«

Der Faller steckt sich ein Stück Fleisch in den Mund. Um uns herum rüttelt der Wind an den Bäumen.

»Nein«, sagt er, »ich denke, das sollten Sie nicht tun. Das übernimmt Kollege Schulle.«

Jetzt tut Zandvoort mir fast ein bisschen leid. Wer den Schulle auf den Füßen stehen hat, hat eine harte Zeit vor sich. Der Schulle ist ein Terrier.

»Und sonst?«, fragt er. »Wie lief's gestern Vormittag? Sie wollten doch nachdenken gehen, oder?«

»Richtig.«

»Und? Was sagt Ihr Kopf?«

»Er ist zart«, sage ich, »er ist traurig, er hat ein Loch in der Seele, und er versucht nur, es zu flicken. Es wird nicht gefährlich sein, ihn zu schnappen.«

»Passt alles nicht besonders gut zu diesem Zandvoort«, sagt der Faller.

»Stimmt«, sage ich, »passt überhaupt nicht zu ihm. Obwohl ...« Mir dämmert was.

Scheiße, ich bin so blöd, dass es kracht.

»Was?«, fragt der Faller.

»John Zandvoort«, sage ich, und schiebe meine Fritten weg. »Ich glaub, mir wird schlecht.«

»John?«, fragt der Faller. »Ich dachte, der Typ heißt Claudius?«

»John ist sein Adoptivsohn«, sage ich, »der ist genau, was wir suchen. Verletzt, verstört, zart, und in manchen Momenten übt er eine große Anziehungskraft aus. Und wer sagt, dass nur Papa den Porsche fährt?«

»Sie spinnen sich das jetzt nicht nur zusammen?«, fragt der Faller.

»Das kann natürlich sein«, sage ich. »Aber wenn ich ihn sehe, fühle ich mich wie die Schlange und das Kaninchen gleichzeitig.«

»Wir lassen ihn beobachten«, sagt Faller, »sicher ist sicher.«

»Ich lasse von den Kollegen ein Phantombild erstellen«, sage ich. »Und vielleicht sollte man mal mit dem LKA Nordrhein-Westfalen telefonieren. Die Zandvoorts haben bis vor einem halben Jahr in Aachen gewohnt. Claudius Zandvoort hatte da eigentlich einen ganz guten Job, den man nicht unbedingt für ein kleines Kieztheater hinschmeißt. Es ist doch merkwürdig, dass die beiden nach Hamburg gegangen sind. Da könnte ja was vorgefallen sein.«

Der Faller nickt und sagt: »Interessant.«

»Sie wollten mir doch auch noch was erzählen«, sage ich.

Er wischt sich übers Gesicht.

»Ach ja«, sagt er. »Eisen-Siggi.«

»Faller«, sage ich.

»Doch, doch«, sagt er, »da liegt irgendwas und schlummert, ich schwör's Ihnen.«

»Und warum glauben Sie das?«

»Seit Donnerstag fahre ich jeden Tag bei ihm vorbei«, sagt der Faller, »und bisher hat er überhaupt nicht reagiert. Er schmeißt mich nicht mal raus. Es scheint ihm alles völlig egal zu sein. Er macht auf, lässt mich ohne ein Wort rein, sitzt dann reglos in seinem Sessel am Fenster und gibt keinen Mucks von sich. Ich hab's mit allem versucht, Herrgott, ich hab ihm sogar Kuchen und Bier mitgebracht. Er stellt sich tot, er sieht mich nicht mal an. Und wir kennen uns wirklich seit Ewigkeiten.«

»Das klingt wirklich seltsam«, sage ich, »der hat doch

immer die Puppen tanzen lassen, sogar im Knast. Erinnern Sie sich noch daran, wie er die Wärter bestochen und Prostituierte reingeschmuggelt hat?«

»Oh ja«, sagt der Faller. »So wie er jetzt drauf ist – unvorstellbar.«

»Ist er krank?«, frage ich.

»Ich hab mit seinem Arzt gesprochen. Der sagt, er hätte ihn am Dienstag noch gesehen, und sie hätten Späße gemacht. Donnerstag war ich zum ersten Mal bei ihm und habe ein Wrack vorgefunden. Und was ist zwischen diesen beiden Tagen passiert?«

»Ein Frauenmord«, sage ich.

»Genau«, sagt der Faller. »Es wurde ein Mädchen umgebracht, das auf dem Kiez getanzt hat und angeblich in Hamburg niemanden hatte außer ihrer Mitbewohnerin.«

»Und vielleicht gab's da doch jemanden«, sage ich.

Der Faller nickt.

»Immerhin haben wir bei Margarete Sinkewicz seine Telefonnummer gefunden. Sie wird am Donnerstag beerdigt«, sagt er, »ich wette, da sehen wir Siggi weinend unter einem Baum stehen.«

»Späte Liebe?«, frage ich.

Der Faller zuckt mit den Schultern und sagt: »Soll ja vorkommen, oder?«

Wir gehen zurück zum Präsidium. Ich mache noch einen Abstecher zu den Phantombildspezialisten, um für die Kollegen das Bild von John konstruieren zu lassen. Dann fahren der Brückner und ich nach Sankt Pauli.

CHEFIN

Der Brückner parkt den Wagen an der Davidwache. Die Reeperbahn ist so, wie sie an einem windigen Nachmittag im März zu sein hat: leergefegt. Kaum Touristen, nur ein paar Typen vor ein paar Sexshops, links trägt eine Band ihre Instrumente in den Club, in dem sie heute Abend wohl auftreten wird, rechts stehen zwei in die Jahre gekommene Bordsteinschwalben, sie tragen schiefe Pumps und ihre angegrauten Haare immer noch lang und pompös aufgetürmt. Sie unterhalten sich, und in ihren Augen kann man sehen, dass sie von früher sprechen.

»Da drüben steht unser Mann«, sage ich, und deute auf Klatsche, der an der Kreuzung rumlungert.

Er trägt wie immer seine Lederjacke, und als wir näher kommen, steckt er die Hände in die Hosentaschen. Die Jungs machen keine Anstalten, sich ordnungsgemäß die Hand zu geben.

»Also«, sagt der Brückner.

»Moin«, sagt Klatsche.

»Brückner«, sage ich, »das ist mein Nachbar Klatsche. Klatsche, das ist mein Kollege Brückner.«

Die beiden nicken sich zu, sonst passiert nichts. Vielleicht kann der Brückner riechen, dass er hier einen ehemaligen Chef-Einbrecher vor sich hat, und vielleicht kann Klatsche einfach immer noch keine Bullen riechen, außer dem Faller und mir natürlich.

Er fasst mir zart an den Ellenbogen.

»Hey«, sage ich, und ich versuche, es betont sachlich zu halten. »Danke, dass du Zeit hast.«

»Wer schneller arbeitet, kann früher los«, sagt er.

»Was arbeiten Sie?«, fragt der Brückner.

Ah, jetzt doch eine erste Annäherung.

»Ich knacke Schlösser für Geld«, sagt Klatsche.

»Er ist der Beste auf seinem Gebiet«, sage ich. »Und er weiß, wer auf dem Kiez wirklich wichtig ist.«

»Okay«, sagt Brückner, »wo fangen wir an?«

»Nach wem suchen wir genau?«, fragt Klatsche.

»Nach einem Freund vom Basso«, sage ich, »ein kleiner Boxer, der untergetaucht ist.«

»Name?«, fragt Klatsche.

»Heiner Matzen«, sage ich.

»Dann mal los«, sagt Klatsche und läuft die Reeperbahn runter.

»Wohin ungefähr?«, frage ich.

»Zur Sonne, zur Freiheit«, sagt Klatsche.

Kommissar Brückner sieht mich verständnislos an.

»Große Freiheit«, sage ich.

»Ah.«

Nach hundert Metern Reeperbahnkram biegen wir rechts ab. Klatsche bleibt auf halber Höhe der Freiheit stehen, zwischen zwei Läden, in denen es jeden Abend Live-Sex gibt, und klingelt an einer schmalen Tür. Über der Tür hängt ein Schild, das auf Thai-Girls hinweist, aber es gehört zu dem Laden links.

Aus der Sprechanlage kommt eine Frauenstimme.

»Ja, bitte?«

»Julchen, hier ist Klatsche.«

Es summt, und die Tür geht auf.

Wir folgen Klatsche durch das enge Treppenhaus in den dritten Stock. Die Wände sind mit dem gleichen roten Teppich ausgeschlagen wie die Treppen, man läuft wie auf dunklen Wolken.

»Kuschelig«, sage ich.

»Uralter Treffpunkt«, sagt Klatsche und grinst. Dann sind wir da.

Am Fenster steht ein winziges Sofa. Die Frau auf dem Sofa muss Julchen sein. Sie ist vielleicht einsfünfzig groß und wiegt locker zwei Zentner. Ihr feines Haar ist hellblond gefärbt, sie trägt eine Art Monroefrisur. Ihr rosa Ausgehkleid will nicht so recht zu den braunen Puschen passen, in denen ihre Füße stecken. Zigarettenrauch wabert in Scheiben durch den Raum. Fenster aufmachen ist offenbar streng verboten. In den bunt zusammengewürfelten Sesseln sitzen alte, mittelalte und junge Männer, sie sehen müde aus, und sie starren in die Biergläser, die sie in den Händen halten. Hinter der ranzigen Bar steht ein Mädchen, sie ist vielleicht sechzehn.

Während der Brückner und ich etwas ungeschickt auf der Schwelle rumlungern, geht Klatsche zu der kleinen Frau auf dem Sofa. Er beugt sich zu ihr runter und küsst sie auf die Stirn.

»Na, Julchen«, sagt er, »wie geht's dir?«

»Mir tun die Füße weh«, sagt sie. Ihre Stimme klingt so jung, wie eine Glocke klingt die, sie passt überhaupt nicht zur Frau. Als wäre die Stimme mal ausgewechselt worden, einfach weil sie kaputtgegangen war.

Klatsche streicht ihr über die Wange, es sieht liebevoll aus.

Julchen wirft uns einen Blick zu.

»Wen hast du da mitgebracht?«

»Die sind in Ordnung«, sagt er. »Freunde von mir.«

»Hallo«, sage ich, mein Kollege nickt.

»Wollen deine Freunde was trinken?«

»Wollt ihr was trinken?«, fragt Klatsche.

»Ein Wasser wäre toll«, sagt der Brückner.

»Hier gibt's nur Bier«, sagt Klatsche.

Julchen schaut zu dem jungen Mädchen hinter der Bar und sagt: »Drei Bier für die Baggage.«

»Na ja«, sagt der Brückner, und dann, als er das Bier in der Hand hat: »Danke.«

Wir nippen an unserem Bier, stehen weiter im Türrahmen rum wie Falschgeld und halten die Klappe.

»Warum seid ihr hier?«, fragt Julchen.

Sie hat natürlich längst begriffen, dass wir Bullen oder so was sind. Aber anscheinend vertraut sie darauf, dass Klatsche keinen Ärger mitbringt. Er steht immer noch dicht bei ihr.

»Weiß du, wo Heiner Matzen ist?«, fragt er.

»Zigarette, bitte«, sagt Julchen und hält ihre rechte Hand in die Luft.

Klatsche holt eine Zigarette aus seiner Jacke, zündet sie an und steckt sie Julchen zwischen die Finger.

Die Frau hat was von einem zu heiß gewaschenen Mafiapaten, aber mit ganz viel Weichspüler. Sie raucht ihre Kippe in drei Zügen auf, dann schmeißt sie eine Frage in die Runde: »Weiß hier irgendwer, wo Heiner Matzen steckt?«

Wie auf Kommando erheben sich alle, als hätte sie einen unmissverständlichen Befehl erteilt.

»Yo, nee, also ich muss dann mal«, sagt einer.

»Ja, ich auch, is' ja schon spät«, sagt ein anderer.

»Tschüs denn, Julchen, ich mach mich vom Acker«, sagt ein Dritter.

Und so folgt ein komisches kleines Konzert aus Damit-will-ich-nichts-zu-tun-haben-Melodien, bis innerhalb von ein paar Minuten alle außer Julchen und uns verschwunden sind. Sogar das Barmädchen hat sich ins Hinterzimmer verzogen.

»Setzt euch«, sagt sie und zeigt auf die leeren Sessel.

»Danke« sage ich, und sie verzieht ihre kleinen roten Lippen zu einem schnellen Lächeln, das sofort wieder verschwindet.

Klatsche hat sich einen Sessel an ihr Sofa gezogen, er hält wie selbstverständlich ihre Hand, und es scheint ihr zu gefallen.

»Heiner Matzen, also?«

Klatsche nickt.

»Was wollt ihr von dem Jungen?«

»Wir wollen nur mit ihm reden«, sagt er. »Ihm wird nichts passieren.«

»Wegen dem Basso, hm?«

»Genau«, sagt Klatsche. »Das war nicht schön, was die mit ihm gemacht haben.«

»Nee«, sagt sie, »das war gar nich schön.«

»Weißt du irgendwas?«

»Ich hab nur gehört«, sagt sie und zieht die Augenbrauen hoch, »ich hab nur gehört, dass sie ihn eigentlich auf eine kleine Hafenrundfahrt mitnehmen sollten. Und dann ist dummerweise eine große draus geworden.«

»Weißt du was über die Hafenrundfahrt vom Basso?«, fragt Klatsche. »Wer sie bestellt hat, vielleicht?«

»Gott bewahre«, sagt sie, »Gott bewahre. Und ich hab auch wirklich keine Ahnung, wo Heiner steckt, aber ich an eurer Stelle würde mal bei Ali in der Blauen Nacht nachsehen.«

Bingo, denke ich.

»Danke, Julchen«, sagt Klatsche.

»Seid lieb zu Heiner«, sagt sie, »der Daumenlutscher stirbt gerade vor Angst.«

»Keine Sorge«, sagt Klatsche.

Wir stellen unser Bier an der Bar ab, Klatsche streicht Julchen nochmal übers Haar, und dann gehen wir die Treppen runter und sind wieder auf der Großen Freiheit.

»So«, sagt der Brückner, »und wer bitte war das jetzt genau?«

»Das«, sagt Klatsche, »war die Chefin.«

»Ich dachte, der Chef ist ein Albaner«, sagt der Brückner.

»Ach, der«, sagt Klatsche. »Dem gehören vielleicht die Geschäfte, aber unserer Jule hier, der gehören die Leute. Sie ist der unangefochtene Boss über unser aller Seelenheil.«

»Wie kommt's?«, frage ich.

»War schon immer so«, sagt er, »sie sitzt da oben, und wer was braucht, kommt zu ihr. Leider hört das bald auf.«

»Was ist mit ihr?«, frage ich.

»Sie ist krank«, sagt Klatsche. »Wenn sie Glück hat, erlebt sie den Sommer noch.«

Wir schauen alle drei nach oben, an den Häusern vorbei, und in den Himmel.

RICHTIG HARTE VISAGEN

Die Blaue Nacht ist nicht viel mehr als eine klebrige Ecke am Hans-Albers-Platz über einem kleinen Club, der in den Neunzigern ganz groß war, aber heute geht da keiner mehr hin. In die Blaue Nacht geht auch keiner, weil den Laden kaum jemand kennt. Und wenn, dann kommt man nicht rein. Ali, der große, dicke Chef der Blauen Nacht, hat grundsätzlich einen Barhocker in der Tür stehen, und in der Nähe des Barhockers steht er selbst. Den Hocker schiebt er nur für Leute zur Seite, die er persönlich kennt. Womit er sein Geld verdient, weiß keiner, mit der Blauen Nacht kann es nicht sein. Das Bier und der Schnaps sind billig, meistens trinken hier eh nur seine Freunde, und die sind eingeladen. Ein Polizist und eine Staatsanwältin würden es alleine nie an Alis Barhocker vorbei schaffen. Für Klatsche ist das allerdings kein Problem.

Wir gehen die fünf Stufen zum Barhocker hoch, Klatsche geht vor. Er steckt den Kopf durch die Tür und sagt: »Ali, altes Fischbrötchen.«

Der Hocker wird von einer fetten Pranke zur Seite gekippt, und wir sind drin. Ich habe Ali noch nie gesehen, immer nur von ihm gehört. Ich bin beeindruckt. Er ist gut einsneunzig groß, sein Körper ist mächtig, er trägt eine Jeans, ein kleinkariertes Hemd und ein Tweedjackett, sein Schnurrbart ist so buschig, wie es sich für einen Mann aus Izmir gehört, und die Reste seiner dunklen Haare sind mit einer guten Portion Frisiercreme nach hinten geklebt. Auf seiner behaarten Brust liegt eine dicke goldene Gliederkette.

»Hey, Kleiner«, sagt er zu Klatsche. Seine Stimme vibriert. Er schaut mich und den Brückner an. »Guten Tag, die Herrschaften.«

»Chastity Riley«, sage ich, »ich bin Staatsanwältin. Und das ist mein Kollege Brückner von der Kripo.«

»Kann ich Ihnen einen Kaffee anbieten?«, fragt Ali.

»Gerne«, sage ich.

»Nehmen Sie bitte Platz«, sagt er, und macht eine galante Handbewegung zu einer Sitzecke am anderen Ende des Raums, dann verschwindet er hinter seiner Theke und hantiert mit einer Filterkaffeemaschine. Die Decke ist zugehängt mit alten Boxhandschuhen und bunten Fußballschals aus allen europäischen Ligen, meine Stiefel verursachen ein klebriges Geräusch, als ich zu dem uns zugewiesenen Tisch gehe. Wir lassen uns auf den tiefen Sitzbänken nieder. Ich vermeide es, die Tischplatte anzufassen. An den Wänden hängen Lichterketten zwischen Postern und Fotografien. Ali mit berühmten Fußballern, Ali mit berühmten Trainern, Ali mit zwielichtigen Spielerberatern, Ali mit berüchtigten Boxern. Im Fernseher hinter unserem Rücken läuft ein Porno. Durch die Fenster dringt kaum Tageslicht, das bunte Glas ist verklebt und verstaubt. Ich schätze, hier fliegt jeden Abend eine Menge Bier durch die Luft.

Klatsche sieht mich mit hochgezogenen Augenbrauen an, und ich glaube, er versucht unter dem Tisch mit mir zu füßeln. Ich hoffe zumindest, dass er das ist, und nicht der Brückner. Aber der Brückner schaut genauso klebrig aus der Wäsche wie der Raum ist, und ich würde sagen, dem ist gerade nicht nach füßeln.

Ali kommt mit einem Tablett, auf dem vier Tassen Kaffee stehen, dazu gibt es Sahne statt Milch und Süßstoff statt Zucker. Der Kaffee ist so bitter und abgestanden, dass er wie eine Faust in meinem Gesicht landet. Ali nimmt schwer atmend an unserem Tisch Platz.

»Wir waren gerade bei Julchen«, sagt Klatsche, »und sie meinte, wir sollten mal bei dir vorbeischauen, weil du uns vielleicht helfen kannst.«

»Julchen, aha«, sagt Ali, lehnt sich zurück und trinkt Kaffee. Wir müssen schon fragen, wenn wir was wollen.

»Ist Heiner Matzen zufällig hier?«, frage ich.

»Ha!«, sagt Ali, und der Brückner zuckt ein bisschen zusammen.

»Ist er?«, frage ich.

»Was wollt ihr von ihm?«, fragt Ali.

»Nur mal reden«, sagt der Brückner.

Ali sieht Klatsche an.

»Sie wollen nur reden«, sagt Klatsche, »wirklich.«

»Wird jemand davon erfahren?«, fragt Ali.

»Nein«, sage ich, »wir waren nicht hier.«

»Der Junge steht unter meinem Schutz, und er hat nichts getan. Der ist so ein kleines Licht, den sieht man gar nicht. Wenn ihm einer was tut, nachdem ihr mit ihm geredet habt, kriegt ihr hier keinen Fuß mehr auf den Boden.«

Klare Ansage.

»Ihm wird nichts passieren«, sage ich, »Sie haben mein Wort.«

»Okay«, sagt Ali, und steht auf. Er geht zum Tresen. Hinter dem Tresen ist eine Tür, Ali holt einen Schlüssel aus seiner Hosentasche und schließt die Tür auf.

»Komm mal raus.«

Heiner Matzen ist ungefähr in Klatsches Alter und hat einen runden Kopf. Sein kleiner Stiernacken ist perfekt ausrasiert, seine Augen huschen hin und her, und seine

Schneidezähne hat er sich vermutlich von einem Hasen ausgeliehen. Er trägt ein dickes Sweatshirt, eine weite Jogginghose und bunte Turnschuhe. Als er uns sieht, geht er einen Schritt zurück und schaut Ali verzweifelt an.

»Wer ist das?«

»Die wollen nur mal mit dir reden«, sagt Ali.

»Ich will aber mit niemandem reden«, sagt Heiner.

Klatsche schaut mich kurz an, wir stehen auf und nähern uns dem Mann. Er macht noch einen Schritt nach hinten.

»Heiner«, sagt Klatsche, »wir suchen die Leute, die deinen Freund totgeschlagen haben. Die sollen dafür brummen.«

»Wenn die rauskriegen, dass ich mit euch geredet hab, könnt ihr schon mal ein Kühlfach für mich reservieren.«

»Das werden die nicht rauskriegen«, sage ich. »Wir waren nie hier, das schwöre ich dir.«

»Auf dem Kiez bin ich geliefert, wenn ich quatsche«, sagt er, »wer will denn dann noch mit mir arbeiten?«

»Und wie willst du arbeiten, solange zwei Typen da draußen rumrennen, die dich kaltmachen wollen?«

Brückner hat sich mal eben von seiner Bank in der Ecke aus dazwischengeschaltet, und er hat genau das Richtige gesagt.

Heiner sieht Ali an.

»Mach schon«, sagt der, »die Arschlöcher haben deinen Freund umgebracht.«

Heiner atmet ein und wieder aus.

»Okay. Reden wir.«

Ali zieht ihn aus seinem Kabuff raus und legt ihm den Arm um die Schultern. Klatsche und ich gehen wieder auf die andere Seite der Theke und setzen uns auf zwei Barhocker, der Brückner kommt vorsichtig näher und stellt sich hinter uns.

»Fang an«, sagt Ali.

»Der Basso hat versucht, in Schutzgeld zu machen«, sagt Heiner.

»Das wissen wir«, sage ich. »Hat aber nicht so richtig funktioniert, oder?«

Heiner schüttelt den Kopf und kneift die Lippen zusammen.

»Er wollte einfach nicht mehr länger der kleine Idiot sein, den keiner ernst nimmt. Er wollte einmal die dicke Kohle in der Tasche haben.«

»Und du?«, frage ich.

»Ich will Profiboxer werden«, sagt er, »ich will, dass die Leute Respekt vor mir haben.«

»Respekt, hm?«, sagt Klatsche.

»Ja«, sagt er. »Wenn die Leute keinen Respekt vor dir haben, kannste scheißen gehen.«

»Und wem ist der Basso mit seinem Schutzgeldding in die Quere gekommen?«, fragt der Brückner.

»Ach«, sagt Heiner, »so weit kam's gar nich. Wenn der irgendwo reinlief und seinen Text abgelassen hat, haben die ihm nicht mal zugehört. Ich hab ihm von Anfang an gesagt, dass das nichts wird. Für sowas musst du brutal aussehen.«

»Der Basso sah aus wie ein Frisör«, sagt Klatsche.

»Haste ihn gekannt?«, fragt Heiner.

»Bisschen«, sagt Klatsche.

»Er war ein feiner Kerl, echt«, sagt Heiner.

»Warum hat der Basso am Mittwochabend Besuch bekommen?«, frage ich. »Was glaubst du?«

»Er hat was Dummes gemacht«, sagt Heiner. »Er hat

was gemacht, das ein paar Nummern zu groß für ihn war. Er hat versucht, einen zu erpressen.«

»Wen?«, frage ich.

»Keine Ahnung«, sagt Heiner, »aber er sagte, der Typ hätte Geld und einen Ruf zu verlieren. Irgend so ein Wichtigtuer.«

»Womit wollte er den denn erpressen?«, fragt der Brückner.

»Er hat nichts durchblicken lassen«, sagt Heiner, »er hat nur gesagt, dass er was weiß, was dem Typen richtig schaden kann, was den ein für alle Mal erledigt. Der Basso war am Mittwoch drei Mal bei dem Typen, er wollte ihm richtig auf den Sack gehen mit der Sache.«

»Die beiden kannten sich also«, sage ich.

»Ja«, sagt Heiner, »das war schon einer vom Kiez. Aber genau weiß ich es nicht. Er hat gesagt, er will mich da nicht reinziehen.«

»Wann hast du den Basso zum letzten Mal gesehen?«, frage ich.

»Mittwochabend«, sagt er, »so gegen elf.«

Ich sehe den Brückner an.

»Da war er schon tot, oder?«

Brückner nickt.

»Ja«, sagt Heiner, »da war er schon tot.«

Ali legt seinen Arm fester um ihn.

»Er hat mich so gegen acht angerufen«, sagt Heiner, »er war sauwütend. Er hat geschimpft, er hat erzählt, dass der Typ sich stur stellt und auf keinen Fall zahlen will, und dass er ihm mit Schlägern gedroht hat. Der Basso hat gesagt, dass er sich nicht verarschen lassen will und mit seiner Info rausgeht. Der Typ sollte wissen, mit wem er es zu tun hat. Alle sollten es wissen.«

»Und dann?«, frage ich.

»Er hat gesagt, ich soll ihn um zehn abholen, ich sollte ihn zum Hafen fahren, er wollte sich da mit jemandem treffen.«

Mit mir, denke ich.

Er schaut auf seine Füße.

»Ich sag mir immer wieder«, sagt er, »wenn ich ihn früher abgeholt hätte, hätten die Wichser ihn nicht erwischt. Aber ich stand erst um kurz vor halb elf vor seiner Tür, ich war ein bisschen spät dran. Ich hab ihn angerufen und gleich wieder aufgelegt. Das war immer unser Zeichen, dass er runterkommen soll, man konnte bei ihm nicht klingeln, er hat ja in diesem Büroding gewohnt. Als er um Viertel vor elf noch nicht unten war, hab ich nochmal angerufen. Er ist nicht rangegangen. Ich war gerade aus meinem Auto gestiegen, weil ich nervös geworden bin, da sind diese Typen aus dem Haus gekommen.«

»Was für Typen?«, frage ich.

»Zwei riesige Typen«, sagt er, »die haben geredet, aber ich hab sie nicht verstanden, ich glaub, das waren Russen. Die hatten richtig harte Visagen und rasierte Schädel, und ich bin mir fast sicher, dass das russisch war, was die geredet haben. Oder zumindest sowas in der Art.«

»Kannst du die genauer beschreiben?«, fragt der Brückner, er zückt sein Notizbuch.

»Sie waren vielleicht um die dreißig, beide bestimmt eins neunzig groß. Hatten schwarze Bomberjacken an und schwarze Stahlkappenstiefel. Sie sind in ein Auto gestiegen, das war so ein dunkler Van. Kann sein, dass der braun war, vielleicht aber auch blau, hab ich nicht richtig gesehen, war ja dunkel.«

»Kennzeichen?«, fragt der Brückner.

Heiner schüttelt den Kopf.

»Aber ich bin dann hoch in die Wohnung. Erst hab ich nur gesehen, dass die Tür offen war, und dann lag da der Basso.«

»Hast du irgendwas angefasst?«, frage ich.

Heiner zuckt mit den Schultern.

»Vielleicht hab ich die Tür zugeknallt, als ich rausgerannt bin, aber das weiß ich gar nicht genau. Ich hatte so Angst, echt.«

»Der Junge kam hier mitten in der Nacht bei mir an«, sagt Ali, »wie durch den Wolf gedreht.«

Er schaut uns an.

»Und jetzt reicht's auch, Leute. Alle Mann raus hier.«

Heiner sieht ihn mit großen Augen an.

»Du natürlich nicht«, sagt Ali, »du bleibst schön bei mir, bis die Arschlöcher vom Markt sind.«

»Danke, Heiner«, sage ich, »danke.«

»Da nich für«, sagt er. »Gebt ihr mir ein Zeichen, wenn ihr die Typen habt?«

»Klar«, sagt Klatsche.

Ich gebe Ali meine Karte.

»Falls was ist.«

Als wir rauskommen, regnet es.

FOR SECURITY REASONS

Draußen legt sich die Dämmerung über die Stadt, ich liege in der Badewanne, und Klatsche versucht, an meiner Wohnungstür ein zusätzliches Schloss anzubringen. Es will aber nicht so richtig klappen, er flucht.

»Lass doch«, sage ich und lasse ein bisschen Schaum von meiner Hand in die Wanne tropfen. »Ist nicht so wichtig.«

»Ist wohl wichtig«, sagt er, »ich will nicht, dass dir was passiert.«

»Mir passiert nichts«, sage ich.

»Schnauze«, sagt er, »Liebling.«

Liebling. Ach so. Ich tauche unter und wieder auf, steige aus der Wanne, trockne mich ab, ziehe meinen Bademantel an und gehe mal nach dem Handwerker schauen.

»Ich will später nochmal raus«, sage ich. »Kommst du mit?«

»Von mir aus können wir auch hier bleiben«, sagt er und zieht an meinem Frotteegürtel.

»Hey«, sage ich.

»Selber hey«, sagt er, legt sein Werkzeug weg und fasst mir um die Taille.

»Ich geh heute Abend ins Acapulco«, sage ich. »Du weißt schon, der Laden, in dem die toten Mädchen getanzt haben. Kommst du mit oder nicht?«

»Natürlich komm ich mit.«

»Ich brauch aber keinen Beschützer«, sage ich.

»Was brauchst du dann?«, fragt er, und genau in dem Moment, in dem wir das Schloss Schloss sein lassen wollen, klingelt mein Telefon. Es ist der Calabretta, er ruft aus dem Präsidium an.

Scheiße. Wenn man ein Mal ein Privatleben hat.

»Lass los«, sage ich zu Klatsche und zerre an meinem Bademantel, »ich muss da rangehen.«

Er seufzt und lässt los, und ich gehe ran.

»Was gibt's?«

»Ich hab mit Aachen telefoniert«, sagt er. »Faller meinte, Sie hätten da so eine Vermutung.«

»Ja«, sage ich, »hatte ich. Und?«

»Die hatten da einen merkwürdigen Fall vor einem guten halben Jahr«, sagt er. »Sie haben ein Mädchen aus einem Tourneeballett auf einer öffentlichen Toilette gefunden. Der hatte jemand die Haare rasiert, und sie ist auch gewürgt worden, aber der Täter hat wohl von ihr abgelassen, bevor es zu spät war. Und er hat sie mit Tabletten sediert, deshalb konnte sie sich an nichts mehr erinnern. Den Typen haben sie bis heute nicht.«

»Was waren das für Tabletten?«, frage ich.

»Phenobarbital«, sagt er.

»John Zandvoort«, sage ich und halte mich ein bisschen an der Wand fest.

»Wir haben ihn seit quasi jetzt im Blick«, sagt der Calabretta. »Er macht keinen Schritt mehr ohne uns.«

DIE ÜBLICHEN STATISTEN DER NACHT

Es ist kurz nach elf, als wir die Große Freiheit hochlaufen. Klatsche hat seinen Arm um meine Schultern gelegt, von außen betrachtet könnte man meinen, wir wären einfach ein Paar beim Abendspaziergang.

»Dann wollen wir mal Spesen machen«, sagt Klatsche und drückt die Tür zum Acapulco auf. Die beiden schweren Jungs an der Tür sehen uns pikiert hinterher.

Paare trifft man hier eher selten.

Der Laden wirkt heute Abend ganz anders als neulich am Nachmittag. Als hätte er die Ausgehsachen angezogen. Das Licht ist rosa und gelb und weich, überall an der Decke drehen sich Diskokugeln, die mit dunklem Samt bezogenen Stühle machen einen auf gemütlich, und die Bar leuchtet in voller Breite.

An einem Tisch vorne links sitzt Pliquett in seinem blauen Anzug, auf mittlerer Höhe rechts hängt der Lechner in einem Sessel. Außer den beiden sind ungefähr noch zehn andere Gäste da. Auf der Bühne liegt ein blondes Mädchen in roter Wäsche auf einem Drehteller und macht komplizierte Spagatübungen. Aus den Lautsprechern dröhnt eine bizarre Rockversion von *Fever.* Wir setzen uns an einen kleinen Tisch im hinteren Teil des Raums. Eine Frau, die obenrum nichts anhat, kommt auf uns zu. Untenrum trägt sie ein winziges weißes Schürzchen, also na ja, mehr einen Spitzengürtel.

»Hier ist Verzehrpflicht«, sagt sie. »Was wollen Sie trinken?«

»Zwei Fanta, bitte«, sagt Klatsche.

Wir wissen beide, dass wir heute eventuell noch einen klaren Kopf brauchen könnten.

Sie dreht ohne ein Wort wieder ab.

»Schicke Dinger«, sage ich.

»Je älter ich werde«, sagt Klatsche, »desto weniger schick finde ich gemachte Brüste.«

»Sprich du mal nicht vom Älterwerden«, sage ich, »sonst ruf ich den Faller an und lass dich verhaften.«

Die Kellnerin ohne Klamotten kommt zurück. Sie hat unsere Getränke dabei. Langweiliger haben zwei Fanta noch nie ausgesehen. Die beiden Gläser sind klein, und die Brühe ist so abgestanden, da ist nicht mal die Idee von Kohlensäure drin.

»Das macht dann zweiundzwanzig Euro«, sagt sie.

Klatsche zieht die Augenbrauen hoch, ich lege das Geld auf den Tisch, dann sehe ich mich ein bisschen um. Die Männer im Acapulco könnten unterschiedlicher nicht sein. Vom Modell »schicker Industriedesigner« bis zum verunsicherten Onkel ist alles dabei. Links von uns sitzt einer, der aussieht wie mein ehemaliger Gynäkologe, und ich erschrecke ein bisschen, aber Gott sei dank ist er es dann doch nicht.

»Ah«, sagt Klatsche, »neues Publikum.«

Zwei Tische neben uns lässt sich eine Gruppe asiatischer Geschäftsleute nieder. Sie tragen alle die gleichen dunklen Anzüge und die gleichen Brillen. Nur einer von ihnen hat keine Brille, dafür aber eine Glatze, er könnte sowohl der Chef der Runde sein als auch der Idiot. Die Bedienung kommt an ihren Tisch, und sofort ist die Freude riesig. Sie bestellen sich jeder ein Bier und einen Schnaps und für alle zusammen eine Flasche Schampus. Ich will mir gar nicht vorstellen, was diese Jungs am Ende der Nacht auf der Uhr haben werden.

»Hier geht's ja zu wie im Taubenschlag«, sagt Klatsche und zeigt mit dem Kopf auf die Tür. Da kommt schon wieder einer. Ein schmaler junger Mann mit kurzen braunen Haaren, ich muss mich zusammenreißen, um nicht aufzufallen und rutsche ein Stückchen tiefer in meinen Sessel. Es ist John. Er ist hier.

Zehn Sekunden später geht die Tür nochmal auf, zwei Männer mittleren Alters in dunklen Jacken betreten den Laden. Das müssen die Kollegen sein.

Mein Gott. Es geht los.

»Das ist er«, sage ich.

»Das ist wer?«, fragt Klatsche.

»Das ist der, wegen dem wir hier sind«, sage ich, und ich merke, wie mir kalter Schweiß den Rücken runterläuft.

»Ach du Scheiße«, sagt Klatsche und greift unter dem Tisch nach meiner Hand.

Ich beobachte John. Er geht an Lechner vorbei nach vorne und setzt sich in die erste Reihe. Links von ihm, am anderen Ende der Reihe, sitzt Pliquett. Ich merke, dass Lechner auf John reagiert, er hat ihn sofort im Blick. Meine Nackenmuskeln verspannen sich. Die beiden Kollegen, die nach John durch die Tür gekommen sind, halten sich im Hintergrund. Sie haben sich an der Bar postiert, und sie haben Blicke mit Lechner und Pliquett ausgetauscht. Die vier Männer sind in professioneller Hab-acht-Stellung.

Ich nehme doch mal einen Schluck von meiner Fanta. Sie schmeckt fürchterlich.

John bestellt sich ein Getränk. Die Oben-ohne-Frau scheint ihn völlig kaltzulassen, er starrt auf die Bühne. Dann findet ein Personalwechsel statt. Das blonde Mädchen springt von seinem Drehteller, und der verschwindet im Boden. Eine Rothaarige geht an die Stange. Sie hat schwarze Unterwäsche an und macht ihre Sache nicht schlecht, ein Bein ist irgendwie immer steil in die Luft gereckt, ihre langen Locken fliegen bei jeder ihrer Bewegungen um ihre Schultern, und Whitney Houston singt dazu »Saving all my Love«. Die Herren aus dem Fernen Osten sind begeistert. Nach fünf Minuten ist sie wieder runter von der Bühne. John sitzt ganz ruhig auf seinem Stuhl. Er wirkt älter und härter jetzt, er wirkt nicht so schutzlos und verzweifelt wie sonst. Ich mache mir fast in die Hosen vor Angst.

Klatsche starrt vor sich hin, hält aber weiter unter dem Tisch meine Hand.

Eine Viertelstunde später ist die rothaarige Tänzerin, die eben noch auf der Bühne war, abgeschminkt. Sie hat ihre Haare zu einem Zopf gebunden, sie hat Jeans und einen rosa Pulli an, klassischer Kiezarbeiterinnenlook. Sie geht an uns vorbei, plaudert noch ein paar Worte mit der Freiluftkellnerin und verlässt das Acapulco.

Und dann steht John auf und geht ihr hinterher. Lechner tauscht einen schnellen Blick mit Pliquett, dann mit den Kollegen an der Bar, und alle vier nicken sich kurz zu. Einen Moment noch wartet Lechner, bis John durch die Tür ist, dann steht er auf und macht sich mit sachten Schritten auf den Weg nach draußen.

»Okay«, sage ich zu Klatsche. »Es geht los. Raus hier.«

Wir verlassen fast gleichzeitig mit den Kollegen, die an der Bar rumstanden, das Acapulco. Lechner steht vor der Tür und sagt: »Frau Riley.«

»Können wir mitkommen?«, frage ich.

»Wenn Sie möchten«, sagt er, »und wenn Sie tun, was ich Ihnen sage.«

Ich nicke und stelle uns den beiden Kollegen vor.

»Lotter«, sagt der eine, »'n Abend.«

»Kurbjuweit«, sagt der andere.

Verdammte Profis.

»Okay«, sagt Lechner, »dann gehen wir mal in Kleingruppen spazieren.«

Die rothaarige Tänzerin läuft die Freiheit hoch, John folgt ihr im Zweimeterabstand, Lechner hält sich drei Meter dahinter, Klatsche und ich versuchen unauffällig fünf Meter zu halten, in unserem Rücken läuft die Verstärkung, Lotter und Kurbjuweit. Am Ende der Freiheit biegt unser düsterer Gänsemarsch links ab, wir laufen die Reeperbahn hoch, die Tänzerin vorneweg, John immer schön hinterher. Ich kann spüren, wie nervös Klatsche ist. Mir ist schwindelig, ich halte mich an seinem Arm fest.

»Bist du okay?«, fragt er.

»Ja, klar«, sage ich.

Nein, denke ich.

An der Ecke zum Hamburger Berg hat John die Tänzerin eingeholt und spricht sie an. Lechner flaniert auf Abstand an den Schaufenstern der Sex-Shops entlang, wir bleiben stehen, Lotter und Kurbjuweit gehen langsam links an uns vorbei und schauen einer Gruppe Mädchen hinterher. Ich sehe, wie John mit der Tänzerin redet. Sie lächelt ihn an, dann lacht sie. Es sieht alles total ungefährlich aus, und sie wirkt so arglos. Aber ganz ehrlich: Von dem würde ich mich auch ansprechen lassen, und ich lasse mich grundsätzlich nie ansprechen.

Ich wüsste gerne, was er ihr erzählt, ihrem Gesichtsausdruck nach muss es lustig und charmant sein. Sie lacht schon wieder, und sie legt ihre Hand auf seinen Unterarm. Es sieht fast so aus, als wären sie befreundet, als würden sie sich schon lange kennen. Wenn wir nicht zu fünft hinter ihnen her wären, könnte man meinen, alles wäre völlig normal. Sie setzen sich wieder in Bewegung, sie reden und gehen nebeneinanderher und biegen in den Hamburger Berg ein, hier wird sich auch an einem Dienstagabend amüsiert, hier ist eine Kneipe neben der anderen, hier tobt immer das Leben, hier können alle machen, was sie wollen und so lange sie wollen.

In meinem Kopf ist es auf eine seltsame Art still, als wären all die Geräusche um mich herum rausgeschnitten worden. Ich habe das Gefühl, mich in einer Seifenblase zu bewegen, ich höre nur meinen Atem, ich sehe nur John und die Tänzerin klar vor mir, der Rest liegt im Nebel und ist unscharf.

Der Lechner dreht sich im Gehen kurz zu uns um, schaut mich an, zieht die Augenbrauen hoch und macht mit der Hand das international verständliche Telefonzeichen. Ich gehe davon aus, dass er jetzt nicht mit mir telefonieren möchte, sondern will, dass ich Verstärkung von der Kripo rufe. Ich nicke ihm zu, hole mein Telefon aus der Manteltasche und rufe Calabretta an.

»Pronto?«

»Sind Sie einsatzbereit?«, frage ich.

»Natürlich«, sagt er.

»Wir sind auf dem Kiez unterwegs«, sage ich, »und wir sind an John Zandvoort dran. Rufen Sie bitte Brückner und Schulle an? Vermutlich brauchen wir sie demnächst hier.«

»Geht in Ordnung«, sagt er, »ich informiere die Kollegen.«

Ich lege auf und nehme wieder Klatsches Hand. Auf halber Höhe der Straße bleiben John und die Tänzerin vor einer Bar stehen. Es ist der Sorgenbrecher, Kiezkneipe mit uralter Seele, ich mag den Laden sehr, und es empört mich fast ein bisschen, dass der jungen Frau eine Gefahr drohen könnte, wenn sie dort hineingeht. John hält ihr die Tür auf, sie gehen rein. Lechner schiebt sich in den danebenliegenden Hauseingang, dreht sich eine Zigarette und wartet, bis Klatsche und ich bei ihm sind. Sein Gesicht wirkt hart und grau.

»Ich geh da jetzt auch rein und passe auf die junge Frau auf«, sagt er. »Sie bleiben bitte hier draußen und beobachten die Tür. Wenn die beiden den Laden verlassen, verfolgen wir sie in der gleichen Formation wie eben. Und Sie sollten Ihren Leuten dann schon mal durchgeben, wo es ungefähr hingeht.«

Hinter uns schlendern Lotter und Kurbjuweit auf und ab.

»Glauben Sie, wir liegen richtig?«, frage ich.

»Lassen Sie uns einfach beten, dass es so ist«, sagt er, »und dass nicht gerade jetzt ein anderer Mann das Acapulco betritt und unsere Theorie schrottet.«

»Pliquett ist doch da, der hat die Situation im Griff«, sage ich, »und nehmen Sie nicht die ganze Verantwortung auf Ihre Kappe. Ich bin auch noch hier, macht insgesamt schon vier Schultern. Okay? Wir warten hier, bis sie wieder rauskommen.«

Lechner nickt und verschwindet im Sorgenbrecher. Klatsche und ich platzieren uns im Hauseingang und ich bemühe mich, ruhig zu atmen. Klatsche sagt kein Wort, ich drücke seine Hand etwas fester, er drückt zurück, wir sehen uns kurz an, und irgendwie wird's schon gehen.

Es dauert ungefähr eine halbe Stunde, kurz nach Mitternacht verlassen John und die Tänzerin die Bar. Sie wirkt gelöst und leicht angeschickert, er auch, sie scheinen sich prächtig zu verstehen. Sie gehen den Hamburger Berg wieder zurück nach oben Richtung Reeperbahn, Lechner kommt aus der Kneipe, wir nicken uns zu, Lotter und der Kurbjuweit machen breite Schultern, und gemeinsam heften wir uns John und dem Mädchen an die Fersen. Sie überqueren die Reeperbahn, laufen wie Teenager über die vierspurige Straße. Als wir auch auf der anderen Seite sind, rufe ich Calabretta an.

»Mit zwei Wagen auf dem Weg nach Sankt Pauli«, sagt er, »ungefähre Richtung?«

»Südlich der Reeperbahn«, sage ich, »Richtung Silbersack.«

»Okay«, sagt er, »wir sind dann in der Nähe.«

John und das Mädchen laufen die Silbersackstraße hoch bis zum Hein-Köllisch-Platz. Eine fast friedliche Insel im Partytrubel. In den kleinen Restaurants und Cafés wird sich für Kiezverhältnisse erstaunlich kultiviert unterhalten, die japanischen Kirschbäume bilden rund um den Platz einen erhabenen Kreis und warten schon darauf, bald ihre rosa Blüten in den Ring zu werfen. Es ist ganz ruhig, um diese Uhrzeit sind hier kaum noch Leute unterwegs. Ab jetzt müssen wir sehr vorsichtig sein.

Lechner zeigt, wie das geht: John und die Tänzerin laufen in der Mitte des Platzes in Richtung Elbe, er folgt ihnen in zwanzig Metern Abstand und hält sich seitlich, Klatsche und ich halten uns nochmal zehn Meter dahinter, Lotter und Kurbjuweit lassen sich zurückfallen. John und das Mädchen sind jetzt in der Antonistraße, dort wird es eng, wir können uns nicht mehr so gut verteilen. Lechner torkelt ein bisschen, er macht den Besoffenen. Wir spielen das Liebespaar und setzen uns auf eine Bank.

Die üblichen Statisten der Nacht.

Lotter und Kurbjuweit sind nicht mehr zu sehen, ich hoffe, sie sind noch da.

Das Ende der Antonistraße gibt den Blick auf den Hafen frei, der Mond ist plötzlich durch die Wolken gebrochen und hat ein für uns ungünstiges Licht angemacht. In diesem Licht liegen eine Verkehrsinsel, ein Stück künstliche Wiese, ein paar Plastikpalmen, die Fußgängerbrücke zum Fischmarkt und links das Haus, in dem Zandvoort wohnt, mit Johns Appartement im Dachgeschoss. Alle Fenster in dem Glas-und-Stahl-Bau sind dunkel, keiner da. Und John ist dabei, die Tänzerin in genau dieses Haus mitzunehmen. Sie steuern auf die Tür zu.

Während unseres ganzen Weges hierher hatte ich gehofft, dass es sich einfach auflösen würde. Dass sie noch etwas spazieren gehen, vielleicht noch einen Absacker in einer Bar nehmen, und dass sie sich dann verabschieden. Dass sie ihm nochmal zuwinkt, und er winkt zurück, und tschüs, war nett, dich zu treffen.

Ich starre auf ihren Hinterkopf, der ungefähr dreißig Meter von mir entfernt ist, und ich denke: Hau ab. Hau einfach ab. Geh schnell weg.

Als könnte ich die Sache damit noch umbiegen.

Das Gefühl, dass wir sie benutzen, steigt in mir auf, es ist ein schlimmes Gefühl. Und sie verhält sich kein bisschen wie ein abgebrühter Lockvogel. Verdammt, sie muss doch wissen, mit wem sie da eventuell gerade mitgeht. Aber er scheint ihr wohl so harmlos und liebenswert vorzukommen, dass sie total vergessen hat, was er sein könnte.

Am liebsten würde ich schreien. Halt, Stopp, Schnitt, Film aus. Ich müsste nur einen einzigen Schrei vom Stapel lassen, und der Spuk hier wäre vorbei. Wir haben Reifenspuren, wir haben DNA, und wenn die von John stammt, reicht das doch. Aber ich weiß natürlich, dass ein Zugriff in so einer Situation viel, viel besser ist. Dann gibt's nichts mehr zu deuten, und morgen ist alles vorbei.

Er tut mir so leid.

Es ist verrückt, aber er tut mir einfach so wahnsinnig leid.

Lechner fängt an zu taumeln, er lässt sich auf der kleinen Verkehrsinsel ins Gras fallen und rülpst. John und das Mädchen bemerken ihn, sie kichert. Klatsche und ich verschwinden im Hauseingang gegenüber und schützen eine Knutscherei vor. John ist jetzt mit dem Mädchen an der Tür. Er schließt auf, sie gehen rein. Ich kann kaum atmen, und ich glaube, mein Herz setzt aus. Lechner rappelt sich schnell auf und sprintet zur Tür, erwischt sie aber nicht mehr, bevor sie zufällt.

»Verdammt«, sagt er.

Wir huschen zu ihm rüber, ich bemühe mich, das Atmen nicht zu vergessen, Klatsche holt seinen Dietrich aus der Jackentasche.

»Hey«, sagt Lechner, »warum sagen Sie nicht gleich, dass Sie sowas dabeihaben?«

Klatsche sieht mich an.

»Soll ich loslegen?«

»Warte noch«, höre ich mich sagen, »geben wir ihm fünf Minuten Zeit.«

Fuck, denke ich.

»Zehn Minuten könnten aber zu viel sein«, sagt Lechner.

»Ich weiß«, sage ich und rufe den Calabretta an.

Cool bleiben.

Jetzt cool bleiben.

DEVOTIONALIEN

Drei Minuten später steigen Calabretta, Brückner und Schulle aus zwei dunkelblauen Limousinen. Lotter und Kurbjuweit tauchen aus der Dunkelheit auf.

»Okay«, sage ich, »gehen wir rein.«

Lechner und Calabretta bleiben unten und sichern die Tür, Lotter und Kurbjuweit behalten das Haus von der gegenüberliegenden Straßenseite aus im Blick, Brückner, Schulle, Klatsche und ich steigen in den Aufzug und fahren in den fünften Stock, oben angekommen schleichen wir an Zandvoorts Tür vorbei und die Stufen zu Johns Dachgeschosswohnung hoch.

Klatsche zückt wieder den Dietrich, und als die Kollegen von der Kripo nicken und ihre Knarren entsichern, legt er los. Ich klebe an der Wand neben der Tür. Machen wir uns nichts vor: Ich will da nicht rein.

Dann klickt es, jemand schreit, es ist die Tänzerin, dann die Stimmen von Brückner und Schulle, es geht alles durcheinander, es geht sehr schnell, und dann ist es fast wieder still, nur ein leises Wimmern dringt noch ins Treppenhaus. Ich atme ein und aus und gehe durch die Tür. Die Tänzerin sitzt stocksteif auf einem Sofa am Fenster. Sie hat die Augen weit aufgerissen, Klatsche sitzt neben ihr, er hat seine Hand auf ihrem Rücken.

John steht mit erhobenen Händen da, mit dem Gesicht zur Wand, Brückner hat seine Waffe auf ihn gerichtet, Schulle durchsucht ihn. John zittert, und er weint. Ich sehe mir die Wohnung an. Ein Zimmer mit Fenster. Außer dem Sofa gibt es noch einen Tisch mit zwei Stühlen, auf einem Sideboard stehen zwei Gläser, eine Flasche Gin und eine Flasche Tonic. In der hinteren Ecke des Zimmers steht ein schmaler, hoher Schrank.

Schulle greift in Johns Hosentaschen. Aus der linken Tasche zieht er zwei kräftige Kabelbinder. Aus der rechten eine Packung Tabletten. Auf der Pappschachtel steht: Phenobarbital.

»Okay«, sagt er.

Er erklärt ihm seine Rechte, zieht ihm die Hände auf den Rücken und legt ihm Handschellen an.

John hält die Augen geschlossen und gibt keinen Laut mehr von sich. Es ist fast, als wäre er gar nicht da.

Brückner lässt die Waffe sinken.

Dann führen sie ihn ab.

Ich rufe erst den Faller an, danach die KTU. Klatsche sitzt immer noch mit der Tänzerin auf dem Sofa, er hat immer noch seine Hand auf ihrem Rücken. Sie starrt vor sich hin und bewegt ihren Oberkörper vor und zurück, immer wieder, vor, zurück. Sie scheint langsam zu begreifen, dass sie Glück gehabt hat.

Ich setze mich neben sie. Mir ist schlecht.

»Es ist vorbei«, sagt Klatsche, »es ist vorbei.«

Ich bin mir nicht sicher, zu wem genau er das sagt, zu ihr oder zu mir. Ich höre, wie Calabretta und Lechner die Stufen hochrennen. Calabretta bleibt in der Tür kurz stehen und sieht sich den Raum an. Lechner kommt zu uns rüber.

»Soll ich die junge Dame ins Präsidium bringen?«

»Nein«, sage ich, »schon gut. Wir lassen sie von einer Kollegin nach Hause fahren. Regeln Sie das?«

Lechner nickt, holt sein Telefon raus und telefoniert.

Die Tänzerin sieht ihn an.

»Sie waren jeden Abend da, oder?«, fragt sie, als er aufgelegt hat.

»Ja«, sagt er.

»Ich wusste, dass Sie das nicht sind«, sagt sie und lächelt. »Aber ich hätte auch nie gedacht, dass dieser Typ eben, dass der, Mann, der war so nett, ich hab's echt nicht geschnallt, ich hatte ja eher auf diesen schmierigen Geschäftsmann aus der ersten Reihe getippt.«

Der arme Pliquett, hoffe, das steckt ihm keiner.

»Sehen Sie«, sagt Lechner, »nur wenige Dinge im Leben sind wie sie scheinen.«

Er verabschiedet sich, und zehn Minuten später wird die Tänzerin von einer Kollegin von der Sitte abgeholt. Sie ist daran gewöhnt, sich um diese hübschen Wesen aus dem Nachtleben zu kümmern, sie wird das gut machen.

»Wir sollten uns mal den Schrank da hinten in der Ecke anschauen«, sage ich, als die beiden Frauen weg sind.

»Ja«, sagt Calabretta, »das sollten wir wohl machen. Denken Sie, was ich denke?«

Ich nicke.

Wir gehen zu dem schmalen Ding rüber. Calabretta versucht, ihn aufzumachen. Er ist abgeschlossen.

»Klatsche«, sage ich, »kannst du bitte ...?«

Klatsche sieht verknittert aus, und wirklich müde. Er steht vom Sofa auf, kommt auf uns zu, holt seinen Dietrich aus der Jackentasche und setzt ihn an.

»Seid ihr so weit?«, fragt er.

Ich nicke, halte mich aber unauffällig an meinem Kollegen fest und hoffe, dass er es nicht merkt. Es klickt, und Klatsche geht ein Stück zur Seite. Calabretta macht die Schranktüren auf. Ich lege mir die Hand aufs Gesicht, uns schlägt ein heftiger Geruch entgegen, süß und traurig.

Im oberen Fach des Schranks liegen vier Teppichmesser. Drei davon sind blutverkrustet. Das vierte glänzt und wirkt unbenutzt. Rechts davon liegt eine grüne Kurzhaarperücke. Im unteren Fach liegen fein säuberlich gefaltet drei Jeans, drei Pullover, drei Jacken, drei Mal Unterwäsche, drei Paar Schuhe. Im Boden des Schranks liegen zerknüllte Plastikfolien, blutverschmiert. Und im mittleren Fach, an der Rückwand des Schranks, zwischen dem oberen und dem unteren Fachboden, klebt ein Bild. Es ist das Porträt einer Frau. Sie ist Mitte dreißig, sie ist sehr hübsch, ihr dichtes, dunkles Haar fällt weich um ihr Gesicht, sie lächelt zärtlich in die Kamera. Über dem Bild sind drei Skalps festgetackert, und so ist das fast eine Art Skulptur, ein Altar, mit grausigen Devotionalien.

»Heilige Scheiße«, sagt Calabretta.

Sie hat mich
von der Schule abgeholt
so wie jeden Tag
es war ein schöner Tag
es war Sommer wir waren
angeschnallt
sie fuhr schnell
sie fuhr immer schnell
sie sah zu mir rüber
sie lächelte
sie schielte
sie schielte oft aber
nur ein bisschen sie hat
den Lastwagen nicht gesehen
sie ist da
einfach reingefahren
das Ding
auf dem Lastwagen hat
ihr den Kopf abgeschnitten
über den Augen
ich hab es gesehen ich
musste dann
bei ihm bleiben sonst
kriegt er das Geld nicht
hat er gesagt
er musste Tabletten nehmen
gegen die Anfälle
ich hab
auch manchmal eine
von den Tabletten genommen
die Tabletten

sind gut
man
wird
ganz
ruhig
ich bin
kein guter Sohn
hat er immer gesagt
aber
ich hab gearbeitet
in seinem Theater ich war
immer anständig
ich hab gemacht was
er wollte
aber die Mädchen
die schönen Mädchen in diesem
dreckigen Scheißloch die haben
da getanzt
die gehörten da aber gar nicht hin
es war nicht gut
für sie keiner
hat sie beachtet
nur ich
hab gesehen
wie schön sie sind
sie waren bei mir
sie sind nicht weggelaufen
niemand hat sie weggenommen
sie waren perfekt perfekt perfekt du hättest
sie sehen sollen
Mama

ICH HAB AM BROADWAY ZU TUN

In meinem Büro in der Staatsanwaltschaft, am Schreibtisch mit einer Tasse Kaffee. Es ist neun Uhr, der Himmel ist bedeckt, aber über der Stadt liegt ein zartrosa Schimmer. Vor einer Stunde hat mich jemand aus dem Präsidium angerufen und mir gesagt, dass John sich letzte Nacht in seiner Zelle erhängt hat. Er hat sich sein Bettlaken um den Hals gelegt und sich am Fenstergitter aufgeknüpft.

Wir haben gestern den ganzen Tag versucht, etwas aus ihm rauszukriegen, Herr Borger war rund um die Uhr bei ihm. Nichts. Das Einzige, wovon er immer wieder gesprochen hat, war seine tote Mutter. Kein Wort von den Tänzerinnen. Herr Borger sagt, es sei gut möglich, dass John gar nicht wusste, was er getan hat, und wenn, dann war ihm vermutlich nicht klar, wie grauenvoll es war. Wir haben eben nochmal telefoniert, Herr Borger und ich, und er macht sich Vorwürfe. Er sagt, er hätte ahnen müssen, dass John sich das Leben nehmen könnte. Er sagt, der Junge muss sich unendlich einsam und verloren gefühlt haben. Er sagt, er würde gern mit Zandvoort sprechen. Er vermutet, dass er uns ein paar Antworten geben kann. Zandvoort soll angeblich heute ins Präsidium kommen.

Als die Kollegen ihn Mittwochmorgen endlich an die Strippe gekriegt haben, um ihm mitzuteilen, dass sein Sohn drei Frauen getötet hat, war er gerade in, Achtung: New York. Er war Dienstag geflogen, sagte, er hätte am Broadway zu tun. Er wollte den nächsten Flug zurück nehmen und dann direkt hier aufkreuzen.

Ich bin gespannt auf seinen Auftritt.

SOCKEN STOPFEN

»Hello«, sagt der Faller.

»Hello«, sage ich.

»I'm Johnny Cash«, sagt er.

Ich muss lachen.

»Lassen Sie den Quatsch«, sage ich. »Ist Zandvoort schon hier?«

Faller lehnt an seinem Schreibtisch und raucht eine Roth-Händle. Vor ihm liegen die Zeitungen von heute. *Skalpmörder gefasst,* steht da. *Sankt Pauli wieder sicher,* behaupten sie. *Fünf vor zwölf: Die Bestie hatte schon ein viertes Opfer.*

»Er müsste jeden Moment hier aufkreuzen«, sagt er, »er hat irgendwas von elf gesagt.«

»Und dann?«, frage ich.

»Dann nehmen Calabretta und ich ihn in die Mangel«, sagt er. »Herr Borger und Sie können sich das gern ansehen. Vielleicht hat er uns ja noch was zu erzählen, was die Kollegen in Aachen interessieren könnte. Ich hab so im Gefühl, dass wir den wegen Vertuschung einer Straftat drankriegen könnten.«

»Ist der Spiegelraum frei?«, frage ich.

»Schon geblockt«, sagt Faller.

»Weiß Zandvoort schon, dass John sich aufgehängt hat?«

»Ich hab es ihm vor einer Stunde gesagt, da war er gerade noch am Flughafen«, sagt Faller.

»Und?«

»Scheint ihn nicht besonders gejuckt zu haben. Ich hatte den Eindruck, dass er nicht mal überrascht war. Ich meine, wenn bei mir die Polizei anrufen würde, um mir zu sagen, dass mein Sohn ...«

»Adoptivsohn«, sage ich.

»Macht das denn einen Unterschied?«

»Für Zandvoort offenbar schon«, sage ich.

Faller sagt nichts und wischt sich mit den Händen übers Gesicht. Ich gehe um seinen Schreibtisch herum und lasse mich auf seinen Stuhl fallen.

»Wie geht's Ihnen eigentlich?«

»Geht so«, sagt er. »Ich war gestern so erleichtert, in der Nacht nicht dabei gewesen zu sein. Das gibt mir zu denken.«

»Wollen Sie sich pensionieren lassen?«

Er zieht an seiner Zigarette und schaut mich an. Er sieht kaputt aus, richtig erledigt. Je länger er nichts sagt, desto unwohler wird mir. Ich kann mir das hier alles nicht vorstellen ohne ihn. Aber mir ist auch klar, wie dringend er Ruhe und Frieden braucht. Ich muss schlucken.

»Vielleicht«, sagt er, »können die Kollegen vom Einbruch ja einen alten Hasen gebrauchen.«

»So ein Quatsch«, sage ich, »da können Sie auch gleich Socken stopfen gehen.«

Faller grinst mich an, dann klingelt sein schwarzes Bürotelefon.

»Ja?«

Er zieht ein letztes Mal an seiner Zigarette und macht sie aus.

»In Ordnung«, sagt er, »danke.«

»Ist er da?«

»Gerade unten durch die Schranke«, sagt er. »Wir können.«

Er geht zur Tür.

»Ich komme in fünf Minuten nach«, sage ich, warte auf Herrn Borger und versuche, nicht darüber nachzudenken, was wird, wenn der Tag kommt, an dem mein alter Kollege nicht mehr da ist.

HINTER DER WAND

Zandvoorts Attraktivität ist wie weggeblasen. Nichts von dieser unguten Anziehungskraft, die er noch vor ein paar Tagen auf mich ausgeübt hat, ist mehr da. Ich finde nicht mal mehr, dass er gut aussieht. Ich weiß nicht, ob das an seinem bizarren Gehabe vom Montag liegt oder an der Tatsache, dass ich inzwischen glaube, er hat es gewusst. Er hat gewusst, was sein Sohn tut, und er hat ihn nicht aufgehalten, vielleicht weil es ihm einfach egal war.

Und irgendwie hat all das auch was mit dem toten Basso zu tun.

Zandvoort sitzt auf der einen Seite des Tischs im Verhörraum, auf der anderen Seite sitzt Calabretta, in der Mitte des Tischs steht ein Aufnahmegerät. Der Faller lehnt an der Wand links von Zandvoort, der einen dunkelgrauen Anzug trägt, ein graues Hemd und um den Mund einen harten Zug. Er sieht aus wie aus Blech. Es ist nichts Lebendiges an ihm.

»Was für ein Granitgesicht«, sagt Herr Borger. Wir stehen hinter der schalldichten, zum Vernehmungsraum verspiegelten Scheibe.

»Ja«, sage ich, »der kann einem richtig Angst einjagen.«

Ich drücke auf den Knopf vor mir, damit wir hören können, was gesprochen wird.

»Und Ihnen ist nie aufgefallen«, sagt Calabretta, »dass Ihr Sohn eventuell ein, sagen wir mal, etwas merkwürdiges Verhältnis zu Frauen hatte?«

»Er hat nicht viel erzählt«, sagt Zandvoort und lehnt sich entspannt zurück.

»Hatte er eine Freundin?«, fragt der Calabretta.

»Nein«, sagt Zandvoort, »er war ein Idiot, ein Spätzünder, in jeder Beziehung.«

Er unterzieht seine Fingernägel einer Inspektion.

»John hatte nichts drauf.«

»Es scheint Sie nicht besonders zu treffen, dass er drei Frauen umgebracht hat«, sagt Calabretta. »Und es scheint Sie auch nicht zu treffen, dass er jetzt tot ist.«

»Wir hatten kein besonders gutes Verhältnis«, sagt Zandvoort. »Ich habe mich nach dem Tod seiner Mutter verpflichtet gefühlt, ihn zu mir zu nehmen, wusste aber schnell, dass das ein Fehler war. Ich bin ehrlich gesagt nicht sehr betrübt darüber, ihn los zu sein.«

Faller schüttelt den Kopf.

»Und Sie bleiben dabei, dass Sie, was die Morde an den Mädchen angeht, nichts gehört und gesehen haben?«, fragt Calabretta.

»Ich bin sehr müde, wenn ich nachts aus dem Theater komme«, sagt Zandvoort. »Ich pflege dann sofort ins Bett zu gehen und tief zu schlafen.«

»Ihr Adoptivsohn hat die Frauen in Ihrem Haus getötet, er hat die Skalps der Frauen in seiner Wohnung gehortet«, sagt Faller. »Und Sie behaupten ernsthaft, Sie hätten nichts davon mitgekriegt?«

Calabretta steht auf, er und Faller tauschen die Plätze.

»Ich war nicht mehr in Johns Apartment«, sagt Zandvoort, »seit wir vor einem halben Jahr eingezogen sind.«

»Sie hatten wirklich nicht viel übrig für den Jungen, hm?«, fragt der Faller.

»Das erwähnte ich schon«, sagt Zandvoort.

Er ist so gemein, dass ich gegen die Scheibe spucken möchte.

»Die KTU hat gestern Ihren Porsche unter die Lupe genommen«, sagt der Faller. »John hat ihn benutzt, um die toten Frauen an die Elbe zu schaffen. Ich schätze, auch das haben Sie nicht mitbekommen.«

»Ich benutze den Wagen kaum«, sagt Zandvoort. »Das letzte Mal bin ich vor gut zwei Monaten gefahren. Ich nehme lieber ein Taxi, ich finde es angenehmer, wenn mich jemand fährt.«

Calabretta steht auf und geht an der Seitenwand auf und ab, ich kann ihm ansehen, dass er kurz vorm Ausflippen ist. Er hasst Typen mit großen Schnauzen.

»Sagt Ihnen das Medikament Phenobarbital etwas?«, fragt Faller.

»Ja«, sagt Zandvoort. »Ich nehme es seit fast zwanzig Jahren. Ich leide an einer schwachen Form von Epilepsie. Ist eine Erbkrankheit in unserer Familie. Nach dem Unfall meiner Frau stand ich unter großem Stress, und da wurde das diagnostiziert. Dank der Tabletten kann ich damit sehr gut leben.«

»John hat Phenobarbital benutzt, um die Frauen zu sedieren, bevor er sie umgebracht hat«, sagt der Faller.

»Das Medikament liegt frei zugänglich in meinem Bad. Vermutlich hatte er es sich einfach genommen«, sagt Zandvoort.

»Und Sie haben nie bemerkt, dass etwas fehlt?«, fragt Faller.

»Ist mir nicht aufgefallen.«

Ich sehe dem Faller an, dass er ihm kein Wort glaubt.

»Herr Borger«, sage ich, »was halten Sie von ihm?«

»Der Mann ist ein Psychopath«, sagt er. »Er scheint komplett empathiefrei zu sein. So was habe ich lange nicht gesehen.«

Mein Telefon klingelt. Brückner ist dran. Ich gehe für einen Moment aus dem Raum.

»Wir haben hier zwei Russen«, sagt er, »die passen ganz gut in das Bild, das Heiner Matzen von den Typen gezeichnet hat, die er vor Bassos Haus gesehen hat.«

»Wo habt ihr die denn jetzt her?«, frage ich.

»Die sind Lechner und Pliquett gestern Nacht in einer Kneipe aufgefallen«, sagt der Brückner. »Haben wohl mit Geld um sich geschmissen und sich gegen Morgen in einem braunen Van schlafen gelegt. Wir haben den Wagen heute früh mal routinemäßig überprüft und neben den Herren eine ganze Kiste mit Schlagwerkzeugen gefunden.«

»Interessant«, sage ich.

»Wir behalten die beiden erstmal hier«, sagt er.

»Sie sollten bei Ali vorbeischauen und Heiner Matzen von einer Gegenüberstellung überzeugen«, sage ich, »der Raum hier wird demnächst frei. Ich könnte ihn direkt blocken.«

»Ich bin quasi schon unterwegs«, sagt Brückner.

Ich lege auf und gehe wieder zu Herrn Borger.

»Und?«, frage ich.

»Er regt sich«, sagt Herr Borger.

Zandvoort sitzt immer noch an dem Tisch, aber er wirkt ein bisschen kleiner als vorher. Faller sitzt entspannt zurückgelehnt in seinem Stuhl, Calabretta steht an der Seite des Tisches, seine Arme sind auf die Tischplatte gestützt.

»Ich glaube«, sagt Herr Borger, »die Jungs haben ihn gerade bei den Eiern gepackt.«

»Was genau war also in Aachen?«, fragt Calabretta. »Sie hatten es doch schön da.«

Zandvoort antwortet nicht.

»War das wirklich nötig«, sagt Faller, »so überstürzt nach Hamburg zu ziehen? Um einen Job anzunehmen, der keinen Deut besser ist als der in Aachen?«

Zandvoort reibt sich die Stirn.

»Kann es sein«, sagt Faller, »dass Sie Schiss hatten? Dass John vielleicht etwas getan hat, das nicht in Ihr Leben passte? Kann es sein, dass Sie davon wussten, dass er gefährlich werden kann?«

»Also hören Sie mal!« Zandvoort ist von seinem Stuhl aufgestanden. »Versuchen Sie nicht, mir was anzuhängen.«

»Setzen Sie sich«, sagt Calabretta.

»Ich möchte meinen Anwalt anrufen«, sagt Zandvoort und setzt sich. Es klingt nach Resignation.

»Die Kollegen in Aachen«, sagt Faller, »haben von einem Mädchen erzählt, die in Johns Schema passt.«

»Ich sage kein Wort mehr«, sagt Zandvoort. »Vergessen Sie's.«

Herr Borger lehnt sich zurück und lächelt.

»Sehr schön«, sagt er. »Es dauert nicht mehr lange, und wir haben alles, was wir wissen wollen.«

»Was glauben Sie?«, frage ich. »Hat er auch was mit dem Mord an Basso zu tun?«

»Kann ich nicht sagen«, sagt er. »Aber er ist mächtig unter Druck.«

WAR EIN VERSEHEN

Heiner Matzen wirkt ruhig. Er sitzt auf einem Stuhl in dem dunklen Raum hinter der Spiegelscheibe, Ali ist bei ihm. Der große, dicke Mann steht die ganze Zeit neben ihm und hat die Hand auf seiner Schulter. Ich sitze neben Heiner, der Faller steht direkt an der Scheibe. Wir haben eine Art menschlichen Bunker gebaut.

»Die können Sie auf keinen Fall sehen oder hören«, sage ich, »okay?«

»Okay«, sagt Heiner.

Die Tür zum Raum auf der anderen Seite geht auf, und Brückner führt eine Gruppe Männer mit Bomberjacken, Springerstiefeln und rasierten Köpfen herein, Lechner ist auch dabei. Zwei der Typen müssen die Russen sein, der Rest kommt vermutlich aus unseren Reihen. Alle tragen Schilder mit Nummern drauf. Heiner sagt kein Wort, schaut sich aber jeden einzelnen Typen ganz genau an.

»Und?«, frage ich.

»Ich weiß nicht«, sagt er. »Geben Sie mir noch eine Minute, ich muss mich erinnern.«

Kurz sieht er Ali an. Der nickt ihm zu, und Heiner atmet tief durch.

»Nummer zwei«, sagt er, »und Nummer drei.«

»Sind Sie sicher?«, fragt Faller.

»Ja«, sagt Heiner, »bin ich. Die beiden waren da.«

»Danke«, sage ich, »Sie können gehen.«

Heiner Matzen und Ali ziehen ab, Faller drückt auf den Lautsprecherknopf.

»Zwei und drei«, sagt er.

Lechner und seine Kollegen verlassen den Raum. Ich folge dem Faller in das Zimmer auf der anderen Seite des Spiegels.

Kollege Brückner hat es sich schon mit dem einen der beiden Russen am Tisch gemütlich gemacht.

»Wo ist der andere?«, fragt Faller.

»Den hat Schulle mit nach nebenan genommen und passt gut auf ihn auf«, sagt Brückner.

Der Mann sitzt breitbeinig auf seinem Stuhl, seine Hände liegen auf seinen Oberschenkeln. Die Choreografie ist wie vorhin bei Zandvoort, nur dass statt Calabretta jetzt der Brückner am Verhörtisch sitzt. Faller steht an der Wand, ich halte mich unauffällig in der Nähe der Tür auf.

»Wo waren Sie am letzten Mittwochabend zwischen neun und halb elf?«, fragt Brückner.

Schweigen.

»Wir glauben, dass Sie einen Mann totgeschlagen haben«, sagt Brückner.

Nichts.

»Hören Sie, der Mann hat sich gewehrt. Wir haben Hautpartikel unter seinen Fingernägeln gefunden, und ich wette, die sind von Ihnen und Ihrem Kollegen«, sagt Brückner. »Wir müssen das nur vergleichen, dann sind Sie dran.«

Der Typ sieht ihm in die Augen.

»Machen Sie besser den Mund auf«, sagt Brückner. »Kommt gut an vor Gericht.«

Der Typ beugt sich nach vorn, sein Gesicht kommt Brückners Gesicht bedrohlich nahe. Ich kann sehen, wie Faller die Muskeln anspannt.

»Er sollte nicht tot sein.«

»Er ist aber tot«, sagt Faller.

Der Typ dreht sich zu ihm um.

»War ein Versehen. Wir haben ihn nur ein bisschen vermöbelt.«

»Warum haben Sie ihn vermöbelt?«, fragt Brückner.

»Geld«, sagt der Typ und zuckt mit den Schultern, »gutes Geld.«

»Wie viel Geld?«, fragt Faller.

»Zwanzigtausend.«

Das ist viel, für einmal die Fresse polieren. Da hat der arme Basso aber richtig was gewusst.

»Wer?«, fragt Brückner.

Der Typ sieht ihn verständnislos an.

»Wer hat Sie bezahlt?«

»Kenn ich nicht«, sagt der Typ, »hatte eine Kapuze auf, kein Gesicht gesehen.«

Faller ruft die Kollegen rein. Er lässt den einen Typen abführen und den anderen holen. Neues Spiel, neues Glück, gleiches Theater. Beim zweiten Typen läuft es ziemlich genau wie beim ersten. Nur dass der hier noch schneller auf Totschlag plädiert als der Vogel, der eben am Tisch saß. Was den Auftraggeber angeht: wieder Fehlanzeige.

Faller glaubt ihnen das sogar. Er sagt, für diese Jungs gäbe es keinen Grund, ihren Auftraggeber zu schützen. Bezahlt wurde ja wohl, die Kohle haben sie vermutlich schnell zur Seite geschafft, und dass sie in den Knast kommen, ist ihnen auch klar. Wenn sie wieder raus sind, wartet irgendwo eine Menge Kohle. Warum sollten sie also irgendwem gegenüber loyal sein?

»Ich geh zu Carla«, sage ich, als wir mit den beiden durch sind. »Ich brauche einen Drink.«

Faller sieht mich schräg von der Seite an.

»Zandvoort nervt mich so«, sage ich. »Der soll auspacken und nicht nach seinem Anwalt rufen.«

»Okay«, sagt er. »Ich fahr nach Ohlsdorf, in einer Stunde wird Margarete Sinkewicz beerdigt. Mal sehen, ob Eisen-Siggi da auftaucht.«

Wir lächeln uns an. Dann geht jeder seiner Wege.

MACHEN SIE SICH LOCKER, RILEY

Bei Carla ist nicht viel los. Es sind nur zwei Tische besetzt, aus den Lautsprechern über der Theke singen Belle and Sebastian, Scott steht direkt drunter und liest den Sportteil. Carla ist nicht da.

»*Hey, honey*«, sagt er.

Der soll mich nicht Honey nennen.

»Hey«, sage ich, »wo ist Carla?«

»*She's gone to the market*«, sagt er.

»Kann ich einen Kaffee haben?«, frage ich.

»*Sure, honey.*«

Mann, Scott.

Ich setze mich an einen Tisch am Fenster, Scott kommt mit dem Kaffee, bringt auch gleich den Sportteil mit und legt ihn mir hin.

»Danke«, sage ich.

»*My pleasure*«, sagt er.

Nach einer Stunde, einem Sportteil und zwei Tassen Kaffee fühle ich mich etwas besser, und ich will gerade gehen, als Zandvoort durch die Tür kommt. Er setzt sich zu mir an den Tisch und sieht mir in die Augen. Mir wird kalt.

»Na«, sagt er, »wie war ich?«

»Wie bitte?«

»Sie wissen genau, was ich meine«, sagt er. »Erzählen Sie mir doch nicht, dass mir hinter der verspiegelten Scheibe keiner zugesehen hat. Ich wette, Sie waren dabei.«

Ich antworte nicht.

Er dreht sich zu Scott um und bestellt ein Wasser, dann lehnt er sich zurück und sieht aus dem Fenster.

»Jetzt, wo Ihr Fall abgeschlossen ist«, sagt er, »können wir doch nochmal von vorn anfangen.«

Wie bitte? Hackt's?

»Sie wirkten etwas verspannt neulich«, sagt er. »Aber das dürfte sich ja inzwischen gelegt haben. Also, gehen wir heute Abend essen?«

Der spinnt wohl.

»Mein Fall ist nicht abgeschlossen«, sage ich. »Wir haben noch einen Mord aufzuklären.«

»Aha«, sagt er. »Mein toter Sohn schlitzt also weiter Nutten auf?«

»Aus welcher Hölle genau kommen Sie, Zandvoort?«

Scott bringt ihm das Wasser, Zandvoort grinst.

»Machen Sie sich doch mal locker, Riley.«

»Ich verspreche Ihnen«, sage ich und beuge mich zu ihm über den Tisch, »ich werde mich erst dann locker machen, wenn ich alles über Sie rausgekriegt habe, ich will alles sehen, bis aufs letzte Körnchen Dreck. Sie haben mich angelockt, und auch wenn ich keine Ahnung habe, warum Sie beschlossen haben, dieses Spielchen mit mir zu spielen – jetzt haben Sie den Salat. Und ich bin verdammt zäh. Ich hänge Ihnen an, was ich kann. Ich mach Sie fertig.«

»Sie haben ja einen Knall«, sagt er.

Er kippt sein Wasser runter, und als er ausgetrunken hat, kracht es, das Glas zerspringt in seiner Hand. Er lässt das kaputte Glas fallen, steht auf und geht.

DER FC ST. PAULI IST SCHULD, DASS ICH SO BIN

Der rosa Himmel von heute früh hat sich in ein sattes Grau verwandelt, und als ich übers Heiligengeistfeld laufe, fängt es an zu nieseln. Mir wird kalt. Vor mir liegt das Millerntorstadion, dahinter geht es links ab in meine Straße, ich bin fast zu Hause, ich ziehe meinen Mantel fester um meinen Körper, aber das reicht nicht.

Vielleicht ist es Zeit für einen dicken Fußballpulli. Ich bin eigentlich nicht der Typ für eine Fanklamotte, ich besitze nicht mal einen Schal, aber ich bin jetzt achtunddreißig, mir bleibt nicht mehr viel Zeit, um auch mal was zu ändern, bald werde ich stur. Wenn, dann jetzt. Die Saison geht in die Schlussphase. Die Mannschaft legt sich ins Zeug wie blöde. Eine Siegesserie liegt in der Luft. An so was muss man auch mal glauben.

Ich halte Kurs auf den Sankt-Pauli-Container, einen niedrigen Betonklotz mit schmutzigen Graffitis, die schwere Stahltür ist zu, ich muss ordentlich ziehen, um sie aufzubekommen. Drinnen stehen junge Leute mit schwarzen Frisuren und bekifften Augen hinter der Kasse, die Kleiderständer und Regale sind vollgestopft mit allem, worauf man *FC Sankt Pauli* drucken kann. Ich lasse meine Finger über die Sachen wandern, über T-Shirts und Schals und Mützen in Schwarz, Braun, Weiß und manchmal auch in Rosa, aber Rosa finde ich albern. Hinten in der Männerabteilung hängt ein großes braunes Kapuzensweatshirt neben dem Spiegel, auf die Brust ist ein großer weißer Totenkopf gedruckt.

Ich nehme es vom Bügel und fasse es an.

Hart von außen, weich von innen.

Ich ziehe meinen Mantel aus, hänge ihn über einen Kleiderständer und ziehe das Sweatshirt über meinen Rolli. Die Frau im Spiegel ist größer, als ich dachte. Ihr braunes, nachlässig gebürstetes Haar fällt dick und schwer auf ihre Schultern, ihre Züge sind nicht wirklich hart, aber sie sind eindeutig, und obwohl um die grünen Augen herum ein paar Falten liegen, sieht die Frau fast alterlos aus. Das Gesicht ist nicht besonders deutsch. Eher amerikanisch. Der Körper wiederum ist Hamburg. Hager, aufrecht und braun-weiß, zu großer Pullover. Bin ich das?

Ich bin mir nicht sicher.

Okay, was soll's, ich gehe zur Kasse und sage: »Kann ich den gleich anbehalten?«

Der Typ hinter der Kasse sagt: »Kannste.«

Über seinem Kopf hängt ein Schild an der Wand:

Der FC Sankt Pauli ist schuld, dass ich so bin.

SIEBEN MINUTEN

Es ist kurz nach fünf. Ich sitze im Bademantel in meiner Küche und lackiere mir die Fußnägel. Keine Ahnung, was das soll. Na ja, Klatsche hat gesagt: Wir gehen heute mal schick essen. Ich muss über mich selbst lächeln. Als ich mit dem linken Fuß durch bin, klopft es an der Tür. Klatsche, denke ich, in meiner offensichtlichen Verspultheit und gehe zur Tür, ich mache auf und erstarre. Zandvoort. Ich bin barfuß, und wenn ich barfuß bin, fühle ich mich nackt. Ich will die Tür wieder zumachen, aber er kriegt den Fuß rein. Ich atme durch und mache die Tür wieder auf.

»Was wollen Sie hier?«, frage ich.

»Mit Ihnen reden«, sagt er.

Sein dunkler Anzug knittert ein bisschen, darüber trägt er einen hellen Mantel, der so gar nicht zu ihm passt, irgendwie wirkt das ganze Ensemble etwas schmuddelig. Auf seiner Lippe stehen Schweißperlen. Er scheint nicht so cool zu sein wie sonst.

»Okay«, sage ich und lasse ihn rein. In der Sekunde, in der ich die Tür hinter ihm zugemacht habe, weiß ich, dass das keine gute Idee war.

Er geht schnurstracks durch den Flur ins Wohnzimmer, lehnt sich an die Fensterbank und wartet da auf mich. Sein Blick ist finster, und er macht keine Anstalten, zu reden. Okay, dann bin wohl ich dran.

»Wo haben Sie eigentlich die ganze Kohle her?«, frage ich.

»Welche Kohle?«

»Die Kohle für Ihre schicke Wohnung«, sage ich, »für das dicke Auto, das Sie kaum fahren, für Ihr gutes Leben. So viel verdient man nicht am Theater.«

»Meine Frau war stinkreich«, sagt er. »Ihr Geld war das Beste an ihr.«

»Oh«, sage ich, »wie nett Sie über sie reden.«

»Ach«, sagt er, und dabei spuckt er ein bisschen, »sie war nicht ganz dicht, genau wie ihr feiner Herr Sohn. Und sie hat gesoffen wie ein Loch.«

Er hält den Kopf gesenkt und sieht mich von unten an, es wirkt lauernd, seine Hände hat er in den Manteltaschen versteckt.

»War sie betrunken, als der Unfall passierte?«, frage ich.

»Natürlich«, sagt er, »die Alte war immer betrunken.«

»Was genau ist damals passiert?«

Verdammt, was bin ich, seine Therapeutin? Scheiße. Ich sollte hier keine Fragen stellen, ich sollte ihm in die Eier treten.

Er hebt den Kopf, macht die Augen zu und lächelt. Als er die Augen wieder aufmacht und mich ansieht, ist sein Blick so weit weg, dass ich einen Schreck kriege. Ich kenne diesen Blick auch von anderen Leuten, und jetzt begreife ich, was los ist: Hier ist einer schwer auf Koks. Und angeblich Epileptiker. Das ist nicht gut, das ist überhaupt nicht gut. Er schüttelt den Kopf und lacht, die Schweißperlen auf seiner Oberlippe zittern.

»Worüber wollten Sie denn jetzt mit mir reden?«, frage ich. »Entweder Sie reden oder Sie gehen. Sofort.«

Sein Blick fliegt an die Zimmerdecke, auf den Fußboden und dann aus dem Fenster.

»Der Basso war so eine miese kleine Ratte.«

»Sie wissen, dass er tot ist«, sage ich.

»Natürlich«, sagt er, und sein merkwürdiges Lächeln kippt in ein ekliges Grinsen. »Die Leute reden.«

»Ach ja?«

»Sie wissen doch, wie die Leute hier sind«, sagt er, »sie sind so geschwätzig, die können einfach ihre Fresse nicht halten.«

Ich reiße mich zusammen.

»Wie kommt es«, sage ich, »dass jemand wie Sie, aus der feinen Kulturszene, jemanden wie diesen Basso kannte?«

»Den Basso kannte jeder«, sagt er verächtlich, »Mister Ich-treib-hier-neuerdings-das-Schutzgeld-ein.«

»Haben Sie gezahlt?«, frage ich.

»Ich bitte Sie«, sagt er, »keiner hat gezahlt. An den doch nicht. Der war ein Wurm.«

Ich bin mir nicht sicher, ob ich das hier durchziehen soll oder nicht. Ich kann mich nicht entscheiden, also mach ich erstmal weiter.

»Hat er Sie erpresst?«

»Und wenn?«

Sein Blick ist wie aus Eis gemacht.

»Hätten Sie dann gezahlt?«

»Womit sollte mich jemand erpressen?«

Seine Augen verziehen sich zu kleinen Schlitzen.

»Das frage ich mich auch«, sage ich.

Er nimmt die linke Hand aus der Manteltasche und fährt sich über die Stirn und durch die Haare. Die rechte Hand bleibt, wo sie ist. Seine sonst so perfekte Frisur geht kaputt, zwei klebrige Strähnen kippen nach vorne und hängen ihm ins Gesicht. Vielleicht hat er doch nicht so starke Nerven. Vielleicht kann ich ihn jetzt knacken. Und dann habe ich ihn in der Hand.

Ich mache mich gerade. Also gut. Steigen wir in den Ring.

»Nehmen wir mal an«, sage ich, »der Basso wäre so blöd gewesen, Sie zu erpressen.«

Seine Wangen fallen nach unten, sein Gesicht wird zur Fratze.

»Nehmen wir das doch einfach mal an«, sage ich.

»Glauben Sie, ich wäre so blöd gewesen, mich erpressen zu lassen?«

Er kriegt die Zähne nicht mehr richtig auseinander, sein Kiefer sieht aus, als wäre er zusammengeschraubt, seine Worte kriechen da nur noch durch.

»Vermutlich nicht«, sage ich.

»Richtig«, sagt er, »ich hätte mir das nicht bieten lassen.«

Meine Füße sind kalt.

»Was hätten Sie denn getan?«, frage ich.

»Ich hätte ihm zu verstehen gegeben, wo sein Platz ist«, sagt er, »unmissverständlich. Und dass es verdammt dumm wäre, jemandem wie mir ein Bein stellen zu wollen.«

Mein Telefon klingelt. Verdammt. Nicht jetzt.

Zandvoorts Kiefer scheint noch fester zu werden, er reibt sich mit der linken Hand das Kinn und sieht aus dem Fenster. Ich drehe mich um und gehe ans Telefon.

»Hallo?«, sage ich.

»Ich bin's.«

Faller.

»Ah«, sage ich, »Mister Cash.«

»Was?«, fragt der Faller.

»Schön, dass Sie anrufen«, sage ich.

»Äh, ja«, sagt er, »ich wollte Ihnen eigentlich nur erzählen, das Eisen-Siggi natürlich auf Margaretes Beerdigung war, und jetzt raten Sie mal ...«

»Ja«, sage ich, »das klingt interessant.«

Ich hoffe, dass der Faller mein absurdes Gesprächsverhalten richtig interpretiert und schnell anfängt, Ja-Nein-Fragen zu stellen.

»Chastity«, sagt er, »möchten Sie mir etwas sagen?«

Bingo.

»Ja«, sage ich, »das passt mir gut.«

»Sind Sie bei Zandvoort?«, fragt er.

»Nein«, sage ich.

»Ist er bei Ihnen?«

Faller, die alte Schlaubirne.

»Richtig«, sage ich.

»Ist alles in Ordnung?«, fragt er.

»Nein«, sage ich.

»Gut«, sagt er, »ich ...«

Und in diesem Moment verlässt mein Telefon mein Ohr und ich habe den Lauf einer Waffe im Nacken. Wow, wo kommt die denn plötzlich her? Wenn er abdrückt, bin ich tot.

»Wer war das?«

Zandvoorts Stimme ist schmal und tonlos. Mir drohen die Knie wegzusacken, und ich bete, dass das nicht passiert, denn dann habe ich eine Kugel im Kopf. Ich antworte nicht. Der Druck auf meinen Nacken erhöht sich.

»Wer war das? War das einer von Ihren Bullen?«

»Nein«, sage ich, und mir fällt nichts Blöderes ein als: »Das war nur die Reinigung.«

Ich kneife die Augen zusammen. Er kann mir das unmöglich abkaufen. Er atmet.

»Geben Sie mir die verdammte Knarre«, sage ich.

»Nicht doch«, sagt er, »nicht doch.«

Er bugsiert mich ans Fenster, die Waffe drückt in meinem Nacken.

»Sehen Sie sich die Straße an«, sagt er.

Unter dem Fenster sehe ich meine Straße liegen, den Ort, an dem ich mich aufgehoben fühle, und mir kommt der Gedanke, dass es nicht das Schlechteste wäre, mit Blick auf diese Straße abzutreten.

»Sie ist nichts Besonderes«, sagt er.

»Das ist nicht wahr«, sage ich.

»Halt den Mund«, sagt er.

Meine Beine fangen an zu zittern.

»Ist doch immer die gleiche Scheiße mit euch Weibern«, sagt er. »Haltet euch für was ganz Besonderes, euch und eure kleine Welt.«

Ah. Darum geht's jetzt also. Frauen generell und so.

»Ihr denkt, ihr habt alles im Griff«, sagt er. »Meine Frau hat das auch gedacht, sie hat gedacht, sie kann alles alleine. Sie braucht mich nicht, hat sie gesagt. Sie hat mich nicht mal mehr in ihr Bett gelassen. Geh duschen, hat sie gesagt, geh duschen und hau dir die Pappen raus, aber lass die Finger von mir. Ein halbes Jahr ging das so. Weißt du, wie lange sechs Monate werden können, wenn du in einer Tour gedemütigt wirst? Ich war kein übler Typ, als ich sie geheiratet habe, aber sie hat mich fertiggemacht. Und dann kam endlich der Lastwagen und hat ihr einfach den Kopf abrasiert.«

Der Druck der Knarre in meinem Nacken lässt ein bisschen nach.

»Ich hab damit nichts zu tun«, sage ich.

»Halt die Schnauze«, sagt er. »Halt endlich die Schnauze. Du bist doch genau wie sie. Du latschst selbstherrlich durch deine Stadt und denkst, du bist die Chefin. Und du siehst ihr so verdammt ähnlich. Du weißt nicht, wie ähnlich du ihr siehst.«

John. Jetzt verstehe ich. Deshalb hat der mich so angestarrt an den Landungsbrücken, als er auf dem Poller saß und ich nichts begriffen habe. Was für ein blöder, beschissener Zufall. Zandvoort drückt mir die Waffe wieder heftiger in den Nacken, er drückt seinen Körper an meinen Rücken, und dann schiebt sich seine Hand unter meinen Bademantel, schnell und hart, und fasst mir von hinten zwischen die Beine.

»Du verdammte Nutte.«

Er packt fester zu. Es tut weh. Da ist es wieder, und diesmal ist es eindeutig: Ich bin die Beute, und er hat die Macht.

»Spürst du da was?«

Ich kann nicht sprechen, ich kriege keine Luft, mein Blick verrutscht.

»Weißt du«, sagt er, »ich spüre da gar nichts mehr. Die Tabletten, die ich nehmen muss, seit diese Krankheit ausgebrochen ist, nur weil meine blöde Alte ihre Karre nicht unter Kontrolle hatte und ich angeblich einen Schock erlitten habe, diese Scheißärzte, die wissen doch gar nicht, was diese Dreckspillen aus einem Mann machen, diese Scheißtabletten, die machen alles kaputt, die machen ein Stück kaputtes Fleisch aus dir. Es geht einfach nicht mehr, nichts geht mehr. Es funktioniert nicht mehr.«

Sein Mund ist an meinem Ohr, der Pistolenlauf sitzt in meinem Nacken wie ein Schraubstock.

»Das kleine Biest sollte doch nur für mich tanzen«, sagte er, »die blöde Kuh. Sie sollte nur ein bisschen rumspringen. Der Basso hat sie mir besorgt, aber die war so ein Biest, die wollte mehr, das hab ich ihr angesehen, die hat mich angestachelt.«

Seine Hand zwischen meinen Beinen packt noch fester zu.

»Und dann bin ich ran an sie, die wollte das ja so, die wollte doch mal wieder richtig gefickt werden, aber es hat nicht funktioniert, weil sie mir auch kein bisschen geholfen hat, die Nutte, sie hat sich sogar gewehrt, wie soll man denn da einen hochkriegen, wenn sie einen erst anmachen und dann abfahren lassen. Und dann ist sie heulend rausgerannt, und John, der Superidiot, hat sie gesehen und ist ihr hinterhergelaufen, und dann hat er das getan, wovon er mal geredet hatte, an dem einen Abend, als er so geheult hat, in Aachen, der Trottel. Ich hab ihn da doch extra weggeschafft, als sie dieses Mädchen gefunden haben. Und dann, an dem Abend, an dem die kleine Nutte bei uns war, da hat Basso John mit ihr gesehen, und als zwei Tage später die Zeitungen voll waren von wegen tote Tänzerin, haha Tänzerin, als ob, da stand der bei mir auf der Platte und hat Alarm gemacht, der Typ wollte mich fertigmachen. Hast du Angst, du Schlampe?«

»Ja«, sage ich. »Hab ich. Hören Sie auf damit, Zandvoort. Nehmen Sie die Knarre weg und hören Sie auf.«

»Die Knarre, haha, da ist dir anders geworden, als die nicht mehr da war.«

Meine Knarre? Ist das meine Knarre, die da in meinen Nacken drückt? Es ist verrückt, aber irgendwas bäumt sich in mir auf. Niemand fasst meine Knarre an, niemand außer mir.

»Lassen Sie die Knarre fallen, Zandvoort«, sage ich, »sofort.«

Er lacht. Es schüttelt ihn fast ein bisschen, und sein Griff lockert sich etwas, aber nicht genug.

»Was haben Sie mit Basso gemacht?«, frage ich, keine Ahnung, wo ich den Mut dafür hernehme.

»Ich hab ihm die Russen geschickt, so wie dir«, sagt er. »Und jetzt halt die Schnauze.«

Er atmet mir ins Ohr und er bewegt seine Hand zwischen meinen Beinen hin und her. Lange halte ich das nicht mehr aus, lange kann ich mich nicht mehr auf den Beinen halten, mein Gehirn fährt im Kreis, ich denke an Klatsche, ich denke an meinen Vater, ich denke an Carla, ich an Gott und weiß nicht, was das soll, aber na ja, hilf mir, denke ich, bitte, einer muss mir jetzt helfen, und dann, mit einem gewaltigen Schlag, fliegt die Tür auf.

»Waffe runter, Zandvoort.«

Faller. Er ist da.

Zandvoort lässt von mir ab und dreht sich um. Ich kippe gegen das Fenster, versuche die Fensterbank zu packen zu kriegen, aber es klappt nicht, und dann liege ich, der Raum verschwimmt vor meinen Augen, und was danach passiert, passiert in Zeitlupe, aber es passiert. Zwei Schüsse. Zandvoort kippt der Länge nach auf meinen Fußboden, und aus seiner Seite beginnt dunkles Blut zu fließen. Meine Pistole hält er noch in der Hand.

»Chas«, sagt Faller, »sind Sie okay?«

Erst sehe ich, wie er blass wird. Und dann sehe ich das Loch unterhalb seiner linken Schulter.

»Faller«, sage ich.

»Schon in Ordnung«, sagt er. »Nehmen Sie ihm die Waffe weg.«

»Ich kann nicht«, sage ich.

»Sie können«, sagt Faller. »Los, machen Sie schon.«

Ich mache, während der Faller im Türrahmen zusammensackt. Ich nehme Zandvoort die Waffe ab, während der Faller immer blasser wird. Ich krieche zu ihm rüber, während er anfängt zu zittern.

»Faller«, sage ich.

»Geht schon«, sagt er.

»Durchhalten, Faller«, sage ich, und dann hab ich endlich mein verdammtes Telefon in der Hand. Faller sieht mich an.

»Chas ...«, sagt er, »ich ...«

»Schhht«, sage ich, und wähle den Notruf.

Sieben Minuten, sagen sie.

»Zwei Minuten, Faller«, sage ich, »zwei Minuten.«

Er versucht die Augen offen zu halten, aber es gelingt ihm nicht. Und er will mir was sagen. Ich rutsche näher an ihn ran, setze mich neben ihn, halte ihn. Aus seinem Mundwinkel läuft Blut, ich versuche so zu tun, als wäre nichts, Faller mag kein großes Theater.

»Eisen«, sagt er.

»Siggi? Was ist mit ihm?«

»Maggie«, sagt er.

»Ja«, sage ich, »was ist mit Maggie?«

Er atmet aus, schließt die Augen.

»Okay, Faller«, sage ich, »okay.«

ES SIEHT NICHT GUT AUS

Zwei Männer und eine Frau, sie haben Apparate dabei und tun, was sie können. Ich sitze ein paar Meter entfernt und halte mich mit den Händen am Fußboden fest. Meine Füße sind so kalt, vielleicht sind sie weg.

Die Männer heben den Faller auf eine Trage und sind dabei, ihn rauszuschaffen. Die Ärztin fragt mich, ob ich versorgt bin.

Ich nicke.

»Ihre Kollegen sind ja unterwegs«, sagt sie.

Ich nicke wieder.

»Wir bringen ihn nach Altona«, sagt sie.

»Wie geht's ihm?«, frage ich.

Sie antwortet nicht.

Danke an:

Werner Löcher-Lawrence, Thomas Halupczok
Achim Multhaupt, Christian Sobiella,
Caroline Doose-Bruns, Thordis Rüggeberg
Kerstin Bode, Annika Hirsch, Rüdiger Bagger
Frau Froh und Frau Honzmann
Lutz Kammann und Heiko Höpner
Fabian Boll, Alexander Blomberg, Harald Braun
Steve Calabretta
Marcel Eger
meine Familie
Johnny Cash